Wind
Go listen to the Wind

去听听风吧

丁立梅的成长课

丁立梅 著

作家出版社

图书在版编目（CIP）数据

去听听风吧 / 丁立梅著. -- 北京：作家出版社，
2025.7. --（丁立梅的成长课）. -- ISBN 978-7-5212-
3538-8

Ⅰ. I267

中国国家版本馆 CIP 数据核字第 2025TK5639 号

去听听风吧

作　　者：丁立梅
责任编辑：省登宇
装帧设计：果　丹
封面绘图：灯戏月
出版发行：作家出版社有限公司
社　　址：北京农展馆南里 10 号　　　**邮　　编：**100125
电话传真：86-10-65067186（发行中心）
　　　　　　86-10-65004079（总编室）
E-mail:zuojia @ zuojia.net.cn
http://www.zuojiachubanshe.com
印　　刷：河北京平诚乾印刷有限公司
成品尺寸：145×210
字　　数：180 千
印　　张：8.25
版　　次：2025 年 7 月第 1 版
印　　次：2025 年 7 月第 1 次印刷
ISBN 978-7-5212-3538-8
定　　价：39.00 元

第一辑　人间美好

现实也许不那么总如人所愿，但有丹枫，有碧云，有黄花，有幽岩，有清夜，有明月，有松醪，还有个有趣的山野之人，人间美好便一直都在的。

第二辑 去听听风吧

去听听风吧，三五朵清风，就能弹奏出一曲天籁。

第三辑 烧不死的鸟，终成凤凰

要想华丽蜕变，必经烈火淬炼。

第五辑　和光同尘

世界是纷繁的，和光同尘，你方能活得顺畅愉悦。

第六辑 如鱼在水，如花在野

从爱上早晨的太阳开始吧，爱上这个世界的颜色、声音和气息，你必将热爱上热气腾腾的生活。

第一辑　人间美好

　　现实也许不那么总如人所愿，但有丹枫，有碧云，有黄花，有幽岩，有清夜，有明月，有松醪，还有个有趣的山野之人，人间美好便一直都在的。

人间美好

梅子老师

　　您好！

　　我第一次读您的书时还是初中生，现在我已经是大一新生了。时间过得好快啊！

　　是这样的，最近总有一些困扰我的事。

　　我现在坐在一间空教室里，窗帘半开，雨淅淅沥沥，淅淅沥沥。因为早十点和午后二点的课，便窝在这个教室里睡了一会儿。

　　这两天总觉得有什么东西萦绕于心头，不可名状，却像一层薄雾时常朦胧我的双眼、濡湿我的内心。慢慢地我似乎也发觉到这些念头是什么。

　　怎么说呢，世上大概有这几种人。一种是内心敏感细腻的，他们有一双触角去感知细微到常人极易忽视的事物，并将其描摹下来。还有另一种人，他钝感力很强，什么事都不往心头放，虽然过得可能有些肤浅粗糙但不失大大咧咧的坦荡快乐。

　　而我恰恰是处于两者之间，于敏感者而言太过木讷迟钝，偶尔也会察觉到一些，但让我很痛苦的是，难以诉诸言语。

最近听了一些很好听的、值得久久回味的歌，我多羡慕那些有着独特触角的人啊。这个触角让你更加容易感受到这个世界所传递的信息，包括无言的忧伤，会更容易比别人有更多感触。但也因为太容易共情，这份纤细敏感又极易受伤害。这应该就是天赋所带来的一些代价吧。

很多生物，包括人，在换季时都可能会有一些换季反应，而我这个，算不算是心理上一次小小的感冒呢？我将衣服裹得严严实实，手脚微凉，但还是感觉到浑身微湿。

天哪，我又不知道我在写什么了。

外面下着雨，而我将要走到雨里去。

您的读者：宸

亲爱的宸，现在，你窗外的雨停了吧？雨停了，太阳就该出来了。这个时候的太阳，除了绚烂，还是绚烂，它是带着斑斓之色的。乾隆皇帝曾作诗赞美这样的太阳：古屋乔树下，树上秋阳晶。它的明亮，让皇帝都漠视不了呢。想他作诗的那刻，眼底浮现的一定是秋阳高照，心头一定是愉悦祥和的。

秋天的落日，也甚是美好。昨天我遇见一轮，在荷塘边。满塘衰荷，本是凄清得很，可夕阳一照，颓败的荷叶都变得热烘烘的，每一枝都昂立起来，一塘伫寂之中有种热烈得让人眼湿的东西。我当时不明所以，只是觉得有些震撼。后来我想了想，那大约是一种叫生命的张力的东西吧。

晚归时，夕阳已没进我身后的一片林子里。我回过头去张望，眼前又是另一番震撼，森林里像是燃起一炉炭火，火星子四溢，密若雨点，溅满整座林子。这巨大的美冲击着我，以至于我此刻想起来，还有着满满的幸福感。

亲爱的宸，我们大多数人都是敏感的，因为我们擅长"胡思乱想"。这份敏感可算是上天赐予人类的特别礼物呢。因敏感，我们才有欢乐，才有疼痛，才会因周遭环境的变化，而引起心理上的悸动，对落花伤情，对秋雨伤意，陷入莫名的念头中，忧伤着，惆怅着。这不是坏事呀，所谓的多彩人生，不正是由此组成的吗？

然我们又不是被动地接受，我们可以学会调控我们的情绪，让这"敏感"多多降落在美好的事情上，比如这秋日的太阳。当你关注的重点发生转移，从幽暗之中，走到光明中来，你的心情也会跟着变得好起来的。

我们的内心，不可能全是鲜花遍野，它也时有杂草丛生。我们要学会接受不完美的人生、不完美的自己，不时拔去那些杂草就好了。

我挺喜欢一首词的，是宋代张抡作的《踏莎行》。我把它送给你吧，愿你快乐：

秋入云山，物情潇洒，百般景物堪图画。丹枫万叶碧云边，黄花千点幽岩下。

已喜佳辰，更怜清夜。一轮明月林梢挂。松醪常与野人期，忘形共说清闲话。

现实也许不那么总如人所愿，但有丹枫，有碧云，有黄花，有幽岩，有清夜，有明月，有松醪，还有个有趣的山野之人，人间美好便一直都在的。

　　　　　　　　　　　　你的朋友：梅子老师

初十的月亮，如一块温润的老玉

梅子老师

　　您好!

　　嘿嘿，我已经大一了。之前曾请教您关于运气和天赋的事，后来我想通了。

　　美术联考失利之后，我一度抑郁，状态非常差，到后来还是调整好了自己，两耳不闻窗外事，最后苦读了两个月，其中的辛酸是只有经历过的自己才知道。我想告诉您，因为我自己的努力和心态的调整，高考的那天我也拥有了最好的心态和运气，考得特别好! 我心里也超级开心，因为我知道这是我自己努力应得的，吃过的苦没有白吃。

　　特别特别感谢您! 有时候我是一个很孤独的人，话没有地方讲，经常一个人闷闷地想事情，有的事想开了倒好，想不开的憋在心里非常难受，也不好意思给爸妈徒增烦恼。一直很希望有人能开导我。看了您的书之后就让我很触动，每一个故事都泪流满面，特别想和您聊天，希望没有打扰您。

上了大学之后，我发现我仍旧是孤独的，也许这是常态。和以前的朋友虽然有联系，但我却不是很开心。有个心结想和您说说：我和我很好的一个朋友都是普通的家庭，她是独生子女，我有个弟弟，所以我的家庭压力比她大，父母也没有她的父母那么开明，那么有时间去宠孩子。我本来认为，这是人人都有的差异。虽然我对她的父母每天和她嘘寒问暖而我的父母一周才打一次电话隐隐感到有些难过，但也没觉得什么，我知道我的父母也是很爱我的，她这个朋友对我也很好。但我还是有了很大的焦虑和困惑，她把金钱都投入在吃吃喝喝买高档用品上，分享欲还很强，每次都会发给我看，我都不知道该怎么回。她有，我没有，我是自尊心很强的那种人。她会送我很贵的礼物，但是我回不了相同价格的，这让我很难受。我不知道该怎么面对这种情况，我不敢直说，她也是很敏感的人，可能会以为我对她有什么意见。我感到特别特别自卑，我觉得自己可能有点缺爱，但是我的爸妈也很爱我，我能感受到，只是他们对我的关心有点少。

我的自卑一直一直跟着我，不知道是为什么，我希望自己是完美的，开朗阳光的，但事实总是相反………我总觉得每个人都比我好，自己只是个废物，情绪非常不稳定，经常陷入沉思和坏情绪里。梅子老师，您说该怎么办？是我的性格就这样了吗？我快被自己的情绪折磨死了，又不知道自己到底是在因为什么情绪低落。

您的读者：小希

小希，你好。

祝贺你给自己的高考交出了一份满意的答卷！

我们每个人都是一个独立的存在，是这世上唯一的一个，是谁也无法替代的一个。所以有个功课，我们要学会慢慢去做，那就是与孤独相处。

父母的爱是不好拿来比较的，大多数父母都是竭尽全力去爱着自己的孩子，只不过各有各的爱的方式罢了。有的父母有钱又有闲，又善于表达，对孩子的关爱会多一些，有的父母为生活疲于奔波，又不善于沟通，有时难免"冷落"了孩子。你为这个去"自卑"去"难过"，是很不妥的呢。再说，你也长大了，慢慢地，该成为父母的倚仗了。当他们忙得"忘记"了你时，你可以主动去关心他们一下呀，对他们嘘寒问暖。他们也是需要关爱的。如果你这样做，我想你们的关系会更亲密一些的。

不要跟你的朋友去攀比。这能证明什么呢？证明谁比谁活得更好吗？好无聊！

人常说，物以类聚，人以群分。既然你的朋友带给你的已不是舒适感和愉悦感，让你在一些事情上无法释怀，那你又何必再小心翼翼揣着这份"友谊"？不是同道中人，最好的结局是，各走各的路。

这世上没有完人，我们都是不完美的人，或多或少都有点自卑。这没有什么不好啊，自卑能让我们站得更低，更接近脚下的土地，真实地望见自己的内心，让我们更接近真诚和善良。

小希，别再陷入自我否定之中了，你胜利地越过了高考那道关，一步一步走到今天，不是早已证实了你可以做得很好吗？大学的时光多么宝贵，你有空闲烦恼这个，烦恼那个，还不如多看几本书，多点未来的职业规划，朝着一定的方向前进。倘若你不想看书了，去看看美妙的大自然也是好的。四季流转之中，有着数不清的美稍纵即逝。你若没有遇见，便意味着失去了。

此刻，我的窗外秋虫呢喃。初十的月亮，如一块温润的老玉。这个夜晚，是美好的。我又将享受到一个愉悦的夜晚，我很开心。我把这份开心送给你，愿你也是愉悦的。

你的朋友：梅子老师

秋天多好意

梅子老师，我最近高三了。

和一个互相喜欢的男生闹矛盾决裂了，我很想他。但是他可能不会再理我了，我心里很压抑。

我知道十七八岁还不太成熟，我的人生还很长，但我在这段时间里确实被困住了，不知道该怎么办。

你的读者：天青色等烟雨

宝贝，给你回信的此时，我的窗外，一笼一笼的桂花香正蒸腾着。我稍稍走了一会儿神，觉得自己整个儿的被浸入到桂花香里，想自己成了一个香喷喷的人，一个桂花一般的人，实在有些美好呢。

不知你的窗外有没有桂花在飘香。没有也不要紧，秋天的好意多着的，比如月圆。比如栾树开花和结果。比如银杏的叶子慢慢描上金黄……说这些给你听，只是希望你能从"困境"中走出来，这世上，值得你留意的事情还有很多。

我经历过你的十七八岁。也曾有过你正经历着的敏感和忧伤。那时眼中的天地只是那么大，以为永生永世只是那般模样。当时我特别爱读书，爱做读书笔记，爱画画，我把忧伤的时间都用来做这些了，渐渐从中走了出来。

等走过那段青春期，再回头去看，我无比庆幸，幸好那时的自己没有"沦陷"，否则，哪会见识到更多的风景，走更远的路，得遇良人，成为今天岁月静好的我呢？

宝贝，我不是说你现在所喜欢的就是不好。我想说的是，现在的你们，还不太明白什么叫真正的喜欢。真正的喜欢是不会轻易"决裂"的，是有包容，有坦诚，有宽宥，有退让，有默契。

你若仍执着于这段"喜欢"，大可以跑去问问他还愿不愿意理你。有时候，解决问题的办法其实很简单，就是面对而已，无论是怎样的结果，总好过没有结果地让心悬着。那时，你只要接受那个结果就可以了。他若有包容和宽宥，自然会与你和好如初。若是他没有心胸气度，那你也不必念念于心，因为不值得。这个时候，放手，是对自己最好的保护。

宝贝，高三的学业应该很紧张吧？把烦恼的时间，用来学习吧。如果还有空隙，就用来闻闻花香，赏赏叶红，慢慢地，你会从这段困扰中走出来。外面的世界，别有洞天，正如这个秋天一样，好意多着呢。

你的朋友：梅子老师

开花的枯枝雪柳

梅子老师

你好:

很高兴能以文字的形式跟你对话。

我一直很喜欢你的文字,从初中接触你的文字起,你的文字就一路伴我走过来,走过初中,走过高中,走进大学。我高兴的时候或是不开心的时候,都想去翻翻你写的书。你的文字能让我的高兴变得更高兴,能让我的不开心变成开心。你的文字很有力量,谢谢您!

可是最近我很迷茫。我考的大学不算好,但好歹也是个本科,我学的专业是护理,现在到了实习阶段,还有半年就要毕业找工作规培了。忽然间,我好像没有动力了,我觉得自己很弱,天天不知道在干什么,时间一天天过去了,我也在一天天的浪费当中。

原先我是有着美好规划的,我想以优异的成绩毕业,然后找到一家不错的医院规培上班。可我现在的状态,让这些都成了不可能,我能想到明年六月份毕业了,我只能回家待着,我是找不到工作的。

我的家庭也是一言难尽。在我的心里，它是一个不好的家庭，虽然爸爸妈妈对我很好，但家里并不富裕。我想早点上班赚钱，可我好像根本无法行动起来，我好像丢失了自己，天天都在浑浑噩噩着。

我知道自己可能是想太多了，越想越觉得自己很没用，但又无法做出改变。我觉得自己真的很差很差，自己很讨厌自己，很自卑。我不知道自己接下来该怎么做，接下来的路该怎么走。

谢谢梅子老师能听我倾诉。

你的读者：尔尔

尔尔，你好。

读你的信时，我的眼光不时落到几案旁的雪柳上。请原谅，不是我不专心，盖因它的清香实在太温柔了，模样又是那么白糯洁净，一尘不染，跟些小精灵似的。这是我早些天去买水仙花时顺手买回来的，十块钱一把。那会儿，它干枯的枝条上，丝毫看不出任何生命的迹象。卖花的中年男人拖着板车，上面摆满了盛开的蝴蝶兰、长寿花、茶梅和水仙花，靠车栏杆一捆一捆立着的，就是它，在满满的花枝招展里，它显得很有些扎眼。我瞥见，挺好奇："这枯枯的干枝，也拿出来卖？"中年男人得意了，笑露出两颗虎牙，眼角处黄豆粒大的一颗疤，跟着弹跳起来，他快活地说："不认识吧？这是雪柳啊。遇水即开花，开的花像雪花一样的，很香的，是香香的雪花。"他的快活，如活泼的鱼，搅动得周遭寒冷的空气，一时间水波潋滟起来。我被他感染到了，也快活起来，且他一句"香香的雪花"，很挠心，我的心痒痒得不行，立马买下一把。

回家，我找了一个敞口细腰的玻璃瓶，装上水，把枯枝插进去，它不动声色地随我安置着。一天，两天，三天，它的身上并无动静，仍是枯死一片。我开始怀疑我是受了花贩的蛊惑了，待到第四天第五天第六天它还无动静的时候，我把它搁到阳台一角，不再管它了。渐渐地，我把它遗忘了。直到一天，那人无意中踱过去，惊叫起来："你快来看，这枯枝上冒出许多花苞了！"

它活转回来，捧出洁白的一粒粒五瓣花，莹润了我们的眼。我想到"置之死地而后生"这个成语，又想到"绝处逢生"这个词，干枯的雪柳属于哪一种呢？当它面临干枯面临死寂时，它心里抱着的，一定是"生"的信念。在我们以为枯枝开花是件很遥远、几乎不可能实现的事，它却默默积蓄着力量，一步一步，走出困境，迎来花开。

尔尔，倘若枯枝雪柳也如你这般，总在想着我不行，我已死定了，它会活出另一场生机迎来花开吗？比起枯枝雪柳，你的处境要好多了，你的青春正葱茏，前面的道路虽然有曲折，却明明白白着，那就是好好毕业，好好找份工作。万万千千个大学生都在走着这条路，你不是特例，你又迷茫什么呢？埋下头，认真去走就是了。至于路上会遇到什么坑，遇到什么塘，等遇到时再去解决。你现在这么着急地去预测、去设想，并为此忧心和迷茫，让自己陷入彻底的自我怀疑和否定中，是不是太过好笑了？就像一个人总担心世界末日到来，担心得日夜不得安宁，便由此患上臆想症，白白浪费了生命中许多的春花和秋月，你说遗憾不遗憾？

尔尔，在我看来，你不是弱，你是懦弱。你还年轻，有什么不敢闯不敢失败的？世上的路从来不止一条，此路不通，那就改走彼路呗。这里受阻，不代表那里就受阻，纵使闯过"南墙"，咱也有回头的机会啊。振作起来吧亲爱的，在你满脑子的胡思乱想中，整理出一条清晰的道路——把该完成的学业，高质量地完成了，就是一件很有成就的事情。然后你可以考虑一下要不要考研，让自己的知识体系建立得更完善一些。如果你想先找工作，那也很好啊，那就努力去找呗。也许一下子未必能找到专业对口的事情做，也不打紧，你就一边工作，一边学习，寻找机会。尔尔，机会从来都是留给有准备的人的，日日保持学习的好习惯，少去怨天尤人，你定也能如这枯枝雪柳一般，迎来生命的璀璨。

最后，我要为你的父母掬一捧泪，他们爱你疼你把你养大供你读书，期间一定吃过不少苦吧？你却很嫌弃这样的家庭，埋怨他们的贫穷。亲爱的，家庭的好坏不应以富不富裕来衡量，一个有爱的家庭，就是上苍对你最大的恩典。愿你珍惜！

你的朋友：梅子老师

叶子掉落时，枝条已决定在冬天萌芽

梅子老师

　　您好：

　　我是一个初三的女生，眼下我遇到了一个很大的烦恼。

　　我曾经一度是别人眼中的乖乖女。但就在几个月前，我读到了一本小说，小说里给我展现了另一个世界，比现实世界要美好得多。它勾去了我的魂魄，让我沉入进去，"活"在里面肆意逍遥。虽然我清楚小说里的世界是虚假的，但我仍然无法从小说的幻想中走出来，因为它真的比现实世界美好得多。我开始变得叛逆，成绩退步。

　　这几个月来，我一直在寻找一个能够不再过多沉溺于小说世界的方法，却始终未遂。如果我再也无法认真对待现实生活，我该怎么办？

　　感谢您的倾听。

我想做只小怪兽

宝贝，你好。

不是你有多迷恋小说里的世界，而是现实世界里你扮演乖乖女扮演得久了，有些累了，你终于找到一个借口，让自己做起一个"梦"。"梦"里的你，是个随心所欲的小怪兽，自由自在，无所不能，你不愿从中醒来。是不是这样呢？

可是宝贝你要知道，小说里的世界再好，那是纸上的东西，是没有呼吸的。看了《红楼梦》，我们不是林黛玉。看了《西厢记》，我们不是崔莺莺。看了《神雕侠侣》，我们不是小龙女。合上书页，曲终人散，现实世界的风拂在耳畔，带着可亲的温度，一烟一火的日子，扎扎实实地等着我们。再美的幻想，远没有一碗热汤来得温暖吧？远没有一个真实的月亮来得好看吧？远没有软软的被窝让人感到踏实吧？

此刻，风在我的窗外怒号，这是季节进入深冬的标配。栾树、杉树和梧桐树的叶子掉了一地，我看着，竟也是欢喜的。因为叶子掉落时，枝条已决定在冬天萌芽，预示着我们又将迎来一个葱绿蓬勃的新世界。又，这么大的风，也刮来了雪的消息。雪已在赶来的路上吧？下雪的时候，可以去吃一顿火锅呢。或者，燃起红泥小火炉，不是用来煮茶的，而是用来烤橘子的。我们可以一边看书，一边赏雪，一边吃烤橘子。这么一想，眼前的现实世界，多么活色生香！

孩子，不伪装的人生，才能活出真实来。你可以不要那么乖，可以不要那么"优秀"，每个年龄段有每个年龄段的特点，你也不例外，喜怒欢悲都是本能。在你力所能及的范围里，做力所能及的事吧，让每一步落在地上，都听得见回响，找回一个真的你，慢慢地，你会从小说世界里走出来的。

　　宝贝，希望你早点回归。唯有真实世界里的颜色、声音和气味，才可掬可捧。

你的朋友：梅子老师

天地间的唯一

梅子老师

您好！

我是一个初三的女学生。今天是周末，刚刚睡不着，就把您写的书《最后一片老房子》读了几页，感觉挺治愈的。

我最近遇到了一点困难，我想跟您谈谈。我没有什么好朋友，希望我跟您能成为好朋友。您看到后，能回复我一下吗？

五年前，我还是一名小学生，因为得了胆结石，我做了一次保胆手术。以为万事大吉了，却不料前几个月，我又被查出来胆结石。医生说这次肯定要做手术，不然就麻烦了，有可能发展成胰腺炎。家里人便安排我做了个手术，我因此落下了很多课。

我住院期间，我们老班带了四名同学去看我，都知道我做了胆切除手术。我回到学校后，他们都知道我没了胆，甚至有些同学说我是残疾人。我很自卑，不想面对这些。而且老师讲的课我都感觉听不懂了，不知道怎么办。

您的读者：淇淇

淇淇，你好。

我刚刚在看一个大月亮呢。我看了好久，看不够，因为它实在太好看了。

这是阴历十二的月亮。它在下午三点多的时候，就爬上了天空，虽还不够圆满，却异常饱满，如同含了一泓泉水。倾泻下来的月光，便都带着泉水的潺湲之音了。

我其实不独独爱今天的月亮，我爱所有的月亮，月亮怎么看都是美的，无论它是缺是圆。因为月亮就是月亮，它是天地间唯一的一个月亮。

我们人不也是这样吗？天地间，只生一个我，只生一个你，只生一个他和她。我们也是天地间的唯一，我们怎么看，也都是好的。

何况，你还青春着，你还健康着。

我们都是肉体凡胎的人，哪有不生病的？生病了就治呗。治好了，健康回来了，这该是值得庆贺的事情，你怎么反倒自卑起来了？不就是切掉个胆而已，有人还切掉腿呢、切去胳膊呢，有人还失明呢、失聪呢，这都不是见不得人的事啊，有什么无法面对的？同学说你残疾你就是残疾吗？那是他们的无知与愚蠢，你根本没必要为了别人的无知和愚蠢而伤神。又或许，同学本就是拿你开个玩笑，你却当了真，你岂不是很傻？你大可以哈哈一笑，说句，没胆的人，从此天不怕地不怕，咱是天下第一了。宝贝，你该为你重拾健康而欢呼，想想你现在四肢健全，眼神明亮，多么好！

老师讲的课你听不懂，这是情理之中的事。毕竟你休学一段时期，落下了一些课程，中间脱了节，前后衔接不上。这就好比走路，这段期间你一直停留在原地，你的同学却脚步不停，他们已远远走到前头去了。要解决眼前困境的唯一办法，就是加紧你的步伐，别人不紧不慢走着，你得小跑起来。这可得吃一点苦呢，你做好吃苦的准备了吗？若别人一天学习八小时，你得多学两小时，甚至四小时。好在这一段路不算遥远，我想只要你想追，一定能追得上的。

今天是西方的平安夜。平安是人生最大的事，别的事全是小事。你健康你平安，你就赚到了。

祝你平安夜快乐！

你的朋友：梅子老师

人间缓缓

梅子老师

　　您好！

　　我是初一年级的一名学生，是您的小书迷。

　　小学五年级的时候，我偶然间在书店里看到您的书，一读就喜欢上了。那天，我在书店里读了好久，从午后一直读到天黑，一直读到妈妈催我回家。我跟妈妈提要求，妈妈，我们把梅子老师的书都买回家吧。妈妈答应了。那天，我抱了好多本您的书回家。

　　从那之后，我就成了您的追随者。您的每本新书我都有买哦。每每读到您写景的文章，我就不可抑制地想跑去看看。您写的景物好美啊，鲜活鲜活的，好像长在跟前似的。读您的文章，让人不知不觉变得柔软了，变得美好了。我喜欢您，在我心里，您就像个神仙作家。

　　我想问问您，怎样才能把景物写得像您写的一样美呢？您能满足我这点小小的愿望吗？谢谢您。

祝您永远美丽。

您的读者：梦蝶

梦蝶，你好。

你的信把我读笑了。你真美好啊，像小蝴蝶一样美好。有你这样的宝贝在，这个世界才有了柔软。

不知你有没有听说过这样一句话：世界长什么样子，取决于你看它的眼光。日常生活大抵表面平静，少有波澜壮阔的时候，我们一日一日身处其中，感官逐渐钝化，眼中少有光芒，熟悉的地方再也没有风景，纳入眼中的世界，也便成了平淡无奇的了。

然我们眼中的世界真的是平淡无奇的吗？绝不是。它的内里，丰富多彩波涛汹涌着呢。你知道一个叫李娟的作家吗？她曾深入哈萨克人的游牧生活里去，在远离人烟的高山草原里待过一段时期。那里，目极之处皆是空旷，天遥遥无边，地遥遥无边，太阳总是拖着长长的影子默然无声，望得人疲倦。她曾因母亲在戈壁滩上包下地种植向日葵，而走进无边无际的旷野中去。在那儿，日子叠着日子，一个动作重复着另一个动作，走路，吃饭，睡觉，如此而已。可她对司空见惯的日常，却保持着相当大的热情，写下大量有趣的文字，门前一簇普通的草丛，也让她写得像上演着一出大戏：

门口草丛寂静，但蹲在那儿看久了，会发现寂静的草丛其实是热闹的森林，小虫子们你来我往，忙忙碌碌，彼此间连打个招呼的工夫也没有。

　　宝贝，看到这里，你是不是得到一些启发？同一事物，在不同人眼里，会呈现出不同的样子。倘若眼中没有热爱，一簇草丛只是一簇草丛，一垛云只是一垛云，一朵花只是一朵花，夕阳也只是夕阳，星星也只是星星。可是心中如果有了好奇，眼中有了热爱，那么一簇草不单单是一簇草了，它也许是"热闹的森林"；一垛云也不单单是一垛云了，它是开往天宫港湾的轮船，是奔跑的马，是移动的岛屿；一朵花也不单单是一朵花了，它是一个人的笑脸，是一块精致的点心，是一只斟满天光的酒杯；夕阳也不单单是夕阳，它是一枚饱满甜蜜的果子，是大大的红气球，是悬着的红灯笼；星星也不单单是星星，它是夕阳产的卵，是天孙喂养的小蝌蚪，是天庭里飞着的萤火虫……

　　你看，要写好你眼中的景物挺容易的，人间缓缓，美好都藏在日常的琐碎间，只要你真正地深入它，理解它，热爱它，多一分好奇多一分探究，你也就能写好了。

你的朋友：梅子老师

向下扎根，向阳生长

梅子老师：

您好！

好长时间不和您邮件往来了。您身体还好吗？一切都好吗？虽然不和您邮件往来，但是我依然关注着您的动态。欢迎您下次来我们山东烟台做客。

记得上一次给您写信，还是在五年前。那时候我上高三，面临高考，我心中焦虑，跟您诉说高考的无奈、千军万马过独木桥的艰难。您回信说，您曾经也是这么走过来的。您说等走过了这段路，回头再看，一切皆是云淡风轻。您让我只负责埋头读书就好了，把结果交给时间去思量。我终于静下心来，只负责苦读，后来不负众望，成功上岸。虽考上的是一所民办高校，好歹也是个本科。

今年我已是大三，三年的大学生涯中，我不断摸爬滚打，经历了一场又一场的考验，现在回头去看，真是感慨良多。今晚，我偶然翻到和您来往的邮件，再细细品读您回复我的那些话，不禁有泪盈眶。是啊,所有的人生只是经历而已,经历之后,才会有云淡风轻。感谢老师,在我的生命中有您在,我才得以度过那些难堪的日子,我多么幸运。

我的大学生活还有一年就画上句号了。面对无法预知的前程,我常陷入迷茫,眼下无处不在的"内卷",在夹缝里求生存,好难。我不知我会去向哪里,不知明天迎向我的是风雨还是艳阳,但无论如何,我总得走下去。

啰里啰唆跟您说了这么多,打搅到您了。很奇妙的是,说完之后,我仿佛又获得了一种新的力量。您的倾听,对我是莫大的鼓舞。谢谢亲爱的梅子老师,祝您永远健康美丽!

您的读者:禾穗

禾穗,你好。

很开心在五年之后,又收到你的信。

五年时间,你走完你人生中的一段旅程,又开启了另一段,你说你"经历了一场又一场的考验",好姑娘,你真的好棒!我衷心祝贺你。你的肩上已歇过风停过雨了,往后的路上再遇风雨,想你也能从容应对了。这就是我们常说的"人生的历练"吧,也是组成我们生命意义的一部分。

现实世界正如你所说的,的确很"内卷",这就要求我们要有一技傍身呢。眼下,你手握大把葱绿的青春,正处在一个人的黄金时光,学习能力和动手能力都很强,那么,请铆足劲,找准自己的兴趣点,培养一项两项技能吧。哪怕只是喜欢做蛋糕,好,咱就反复实践，一次次钻研，把蛋糕做得顶顶好吃。到那时，不管外界如何地"卷"来"卷"去，你也能守住自己生命的"内核"——向下扎根、向阳生长，哪怕最后不幸被卷进了"岩缝"中，咱也有力量让自己从岩缝中探出身来，抽茎长叶，开出明艳的花。

明天具有很大的不确定性，什么时候看过去都是雾霭漫漫，谁也不能真正把它看清。我们又何必徒劳无功地去迷茫？该来的终会来的，要紧的是过好今天。若是把每个今天都过好，每天都能开开心心的，我们的人生也算是一种成功吧。

谢谢你惦念，我的身体还好。虽因年纪渐长，身体某些部件有时很不听使唤，但内里装着的一颗心脏，还是跳动得蛮欢腾的。我还是会因天上一朵像极了大白猫的白云而停下脚步；还是会因突起的一声虫鸣而激动万分；看到油菜花铺满地，我努力压抑着想跑进去打滚的冲动；对着一只钻进梅花花蕊里的蜜蜂，我能痴痴看上小半天。它餍足有余，屁股滚圆，胖得爬都爬不出来了……世界每天都有好玩的事情，我愿为它长长久久。

嗯，永葆对这个世界的好奇和热爱，生活才会变得有趣。亲爱的，愿你也是这样。

你的朋友：梅子老师

好花如故人

梅子老师

　　你好!

　　我是你的一位读者,看你的书,我收获了很多。你的乐观是让我最佩服的。我觉得我的内心深处是有一点悲观主义的。

　　最近因为学业又重,有些时候难免会受人生虚无的飘忽感侵袭。你是怎样对待这种感觉的呢? 还有,你的语言质朴,可写出来的东西却总能给人指引,读来让人酣畅淋漓,你还记不记得自己的写作水平是在怎样的一个契机下,得到升华的? 对于我们提高写作水平,你又有什么建议呢?

　　谢谢你! 祝你快乐!

你的读者

　　宝贝,你好。

　　你的行为是正常人的行为呀,再乐观的人,有时,也免不了生出一点人生的虚无感来的。因为，我们是会思想的人啊，思想是最捉摸不定的东西。

历史上，曹操够英雄吧？大丈夫一个，有气吞山河的豪迈。他也曾发出这样的感慨："对酒当歌，人生几何！譬如朝露，去日苦多。"看看，人生不过是朝露似的，太阳一照，就化了啊，真是短暂得可以。还有被大家公认为乐天派的苏东坡，似乎什么风雨也摧垮不了他的意志，他热衷于美食美景美文，乐滋滋地对人说，人间有味是清欢。就是这样一个人，也曾把人生形容成"隙中驹，石中火，梦中身"。我们看着是长长的人生，对于浩瀚的宇宙来说，只是一闪而过，虚无得很的。

比起他们来说，你的那点虚无算什么。不要怕，不要觉得郁闷，那不过是天上偶尔飘下的毛毛雨罢了，飘着飘着，它就会停了。你呢，只需静静等上一等就好了。这个时间，你可以找点轻松的事做，听听歌，看看杂书，嗑嗑瓜子，哪怕是发发呆，都是快活的。我在这个时候，往往喜欢抽出一本诗集，翻到哪页读哪页，大声读出来。比如我读陆游的：

闲愁如飞雪，入酒即消融。
好花如故人，一笑杯自空。

他和我们一样有着闲愁几许，都化作点点飞雪入了酒。更叫人羡慕的是，傍着他的，是些如故人的好花。我就跑去看我的花，阳台上几盆海棠，它们的花朵倾巢而出，像一群稚嫩的孩童，撒开脚丫子就要奔跑起来了。这是我的好花，见它如与老友相约，眼前实实在在的好颜色，使我快活起来，飘上心头的虚无感，自然而然飘走了。

至于写作，在我，已然成为一种习惯，一种像吃饭喝水一样的日常。没有什么契机不契机的，只是写多了而已。如果你天天写，写上几十年，你也会得到"升华"的。

写吧宝贝，从现在开始，你每天都丢下几行字，丢着丢着，它们就蔓延成一片草原了。

你的朋友：梅子老师

第二辑　去听听风吧

去听听风吧，三五朵清风，就能弹奏出一曲天籁。

一丛金钟

梅子老师

您好！

我是山东一名初二的学生，您的文章对我来说意义非凡。每当我难过时，每当我气馁时，总是要读上一番。我会抚摸着那些文字，想象着曾经您是否为写这个，而苦苦地思索着。

我也很喜欢写作。我最大的愿望就是，学有所成，然后拿着我的文章，去见您。

现在，我有件苦闷的事情要向您倾诉，想请您替我拿主意。

我的性格是属于那种大大咧咧的，对很多事情不在意（其实我内心也很在意的，我只是不想表现出来），比如被好朋友取笑，说我是个假小子。我回她，也许我前世真是个小子呢；比如教室值日的时候，擦窗子抹桌子的重活都是我干，同学的理由是，你力气大嘛。那时我真想回怼过去，但最后还是笑嘻嘻地点头称是；比如我唱歌五音不全，却还是喜欢大声歌唱，惹得同学们喝着倒彩，我还是照唱不误；比如一次考试成绩不佳，我垂头丧气，情绪低沉。我的好朋友像看稀奇一样看着我大声说，太阳打西边出来了，你竟然也会难过？我内心跑出一万匹难过的小马，面上却佯装欢笑，把头一甩说，哈哈，偶尔为之。二十年后，咱又是一条好汉。朋友笑着点点头说，这才像你嘛。她不知道的是，我的心里在下着小雨。

她呀，她就是个马大哈，这是大家对我的普遍印象。一度我以为这没什么不好，虽然我长相一般般，可我成绩不错呀，性格也好，从不得罪人，大家跟我都很亲近。直到有一天班里改选班长，我以为十拿九稳该是我，我的好朋友也说肯定是我。结果，全班多数的票都投给另一个女生，理由是，她文雅端庄沉着冷静，比我稳重。

梅子老师，您说我是不是错了？我是不是要把性格改了？当他们这样说我时，我如梦初醒，原来一直以来，我只是在扮演着一个小丑的角色。

期待您的回信。祝您写出更多的好作品！

您的小读者：琉璃

琉璃宝贝，你好。

我刚散步归来，就读到你写来的信。

五月的夜晚真正是好，清风柔顺，空气清甜，一轮好月当空，每片草叶上、每棵树上都印满月光的脚印。护城河边的绿植丛中，有一丛金钟，还在披头散发地开着花（要知道，别的花差不多都开谢了呢）。它怀抱着一撮撮黄，把月光都染黄了几分，夜色也难掩它的热情奔放。我停在花前，看了良久。花的性子好比人的性子，有的文静，有的狂野；有的温柔，有的急躁；有的冷淡，有的热情……这丛金钟是狂野不羁的，文人墨客少有留意它的。它倒也自在，不因落后春天一步而懊恼，也不因不受他人重视而沮丧，我行我素，自成它热闹的小世界。

宝贝你看，花多有智慧啊，懂得做自己。在这方面，花是我们的老师。

我们每个人都是这个世界的唯一，"做自己"是最美好的一件事。你做了你自己吗？没有呢。你做的是别人眼中的那个你，是那个"性格大大咧咧"的你，是那个从不懂难过的你，是那个即便献丑也要博别人一笑的你，是那个马大哈的你……你怕得罪人，你怕因为拒绝、反驳和软弱而遭人不喜。可是宝贝你知不知道，当你取悦了所有人，你为难和委屈的，恰恰是你自己啊。

宝贝，性格随和大度不拘小节是好的，但这些是有底线的，倘是委屈自己曲意逢迎，那就成了"讨好型"的人了，你就丢失了你自己。这与你当不当班长无关。你要做的，不是改变性格，而是把一个真的你找回来，开出属于你的花。

你喜欢写作，这很好呢。写作是直面灵魂的一件事，它能使人安静下来，清澈，澄明，做更好的自己。

我等着你学有所成，拿着你的文章来见我哦。

愿你早日梦想成真。

你的朋友：梅子老师

芳草正鲜美

梅老师，好久不见。真的好久了。您一切还好吗？

记得第一次给您写信，还是在我念初中的时候。那个时候我好迷茫，我给您写信，没想到您给我回了一封好长的信。面对这么温柔耐心的您，我对自己发誓，一定要带着进步和喜悦去见您，让您见证我的成长。

考上高中后，我遇到很多扎心的事情，成绩忽上忽下。有一次，月考失利，我躲在被窝里哭泣，都没勇气再走下去了，我给您写了第二封信，告诉您我的烦恼，告诉您我的父母都不在身边，我跟着奶奶生活，身边没有一个可以说话的人。您又是立即给我回了信，鼓励我，安慰我。我当时想，我一定要考上一个好大学，等收到录取通知书的那一天，我要拿着它，跑去见您。

现在，我考上大学了。但考得不好，本该能上一本的，但最后只上了一个院校。我自觉没脸去见您，您不会怪我吧？

刚考完那阵儿，我就知道自己考砸了。我哥让我去复读（他考上的是名牌大学），但我没有勇气复读。高考这条路走得太累了，抽筋剔骨般的，我不想再走一遍。我就到这家院校来报到了。真的到了学校，我又不甘心起来，我不属于这里，也不该属于这里。我告诉自己，一定要走出去。然而，四周高墙，我怎么才能走出去？摆在我面前的，只有考研这条路。可我们这个院校能考上研究生的人微乎其微，在这么小的概率面前，我的机会非常渺茫。梅老师，我不知道自己将何去何从了，我很苦恼。

原谅我总是给您带来不好的消息，总是麻烦您。在我的人生路上，幸好有您在，感觉人间还有一点温暖和光亮。

愿您天天美丽！

深爱您的读者：卿卿

卿卿，你好。

很高兴再次收到你的信。你已从小姑娘长成大姑娘了，你的身上，青春正繁茂，芳草正鲜美，多好啊！

人生的路都是一段一段走着的，每一段路上，都有得有失。想你初中、高中时，也曾为前途忧心不已，一度觉得走不下去了，现在回头去看，曾经的那些迷惘啊痛苦啊忧虑啊焦躁不安啊，只不过是一阵儿的云烟罢了，你已完好无缺地走了出来。

高考考砸了，这未尝不是一个好的结果。这是老天要让你体验另一种人生呢，如果进了本一，你就无法体验院校的生活了。人生是个单行道，走了这条路，就注定走不了那条路，每条路上都有独属于这条路的风景。不要去惦念别的路，你只管把脚下正走着的路走好，接受你就读的院校，并尝试爱上它，让你在院校的生活蓬勃起来，让每个日子都不虚度。那么，一切便都是最好的安排。

考研是可以去搏一搏的，它是开阔和提升自己的一个好途径。至于结果怎样，没必要去考虑，行动大于一切。考上了，当然欢欣鼓舞。考不上也不等于就是坏事情，因为你在考研的路上，已收获到无数个充实的日日夜夜，那个过程对你来说，就是成长，就是财富。

我很少去想将来的事。将来的事不是想出来的，而是到了那个节点，它自然就来了，你挡也挡不住。它现在是处在烟雾缥缈中，还是处在光华灼灼里，有什么区别呢？你能做的，就是尽量以更好的面貌走向它，积极一些，阳光一些，努力一些，如果这样，我想你的"未来"一定不会差。每一个"今天"，都曾是我们的"未来"。

卿卿，我们都是在人间躬耕的人，勤于耕种，才有收获。至于能不能碰上风调雨顺，有时是由不得我们的意志为转移的。既如此，愁也没用，还是埋头好好耕种吧，说不定就能博个"粮满仓""酒满瓯"呢。

祝福你！

你的朋友：梅子老师

去听听风吧

梅子老师

　　您好:

　　我能跟您聊聊我自己的心事吗?我家是个普通的小康家庭,但是我父亲和我母亲很不和谐,他们两个人经常吵架,昨天又吵了一次,我妈气得要和我爸离婚。

　　您在我们学校演讲过,当时我在底下听了您的讲座,对我感触很大。您告诉我们,要笑着对待生活,希望我们平时多关注身边的事物,学会热爱,这样我们才能拥有一颗善良干净的心灵。我也是一个非常喜欢待在自然里的人,喜欢花花草草,爱在草地上玩耍。但因为我的父母,我变得越来越不喜欢与别人交流。

　　如今我想起了您,我的难过无人知道,我把它告诉您。梅子老师,我该怎么办?

您的读者:一粒小豌豆

小豌豆，你好呀。

遇到叫人操心的父母，真是辛苦你了。你就当你上辈子亏欠过他们，这辈子是来还债的。

跟父母好好沟通一下，把他们吵架对你的影响以及你真实的感受告诉他们。他们若是被触动到了，也许会做出些改变，两个人吵架的频率会减少，家庭关系会趋向好的一面，——这样的结局是再好也没有了。若是他们无动于衷，仍我行我素，你也不必为之伤神，由着他们去吧，他们都是成人，该对自己的行为负责。

既然他们的羽翼遮挡不了你，那咱就不指望了。咱是大孩子了，完全可以自己给自己织出一对"羽翼"来，自己拥抱自己。你还是要笑对生活，热爱大自然，热爱这个世界。为什么不呢？大自然又没有亏待你，这个世界也没有亏待你。

宝贝，当他们再吵闹时，我建议你，去听听风吧，三五朵清风，就能弹奏出一曲天籁。

去看看云吧。让云载着你的思绪，漫游太空，那是很有意思的事情。

去摸摸路边的小花吧。对着小花微笑，像朋友那般问好。每一朵小花都是赤诚的、良善的、友爱的。它们会唤醒生命里一种叫热情的东西。

去和同学、朋友一起聊聊天吧，和往常一样。父母是父母，你是你，你们各有自己的人生，你要把握好属于你的人生。

你也可以躲进自己的房间里，做做习题，读读书，听听音乐，赏赏名画。总之，别让坏情绪影响了你的生活，那不划算。世界这么好，咱得好好享用和爱。

宝贝，换一个角度看，你的父母也"锻炼"了你，逼得你不得不迅速成长起来，成为自己的小太阳。也许因你的明亮，笼在你父母之间的"阴影"也会消散呢。掰掰手指头数一数，你跟父母在一起的时间有限得很，等你上大学了，你将离父母越来越远。宝贝，对他们多些理解吧，不去埋怨。

祝你快乐。

你的朋友：梅子老师

过去已矣，不慕不恋

梅子老师

　　您好：

　　我是您的读者，从小学三年级就读您的文章，记得读的第一篇文章是《从春天出发》，读得眼前一片草绿花红。我妈要我把它背下来，我到现在还能一字不差背诵呢。

　　我现在上高三了，压力好大啊，心里总像是压着一块石头，沉甸甸的。有时会莫名其妙哭起来，想挣脱什么，却没有办法挣脱开。

　　曾经的我，是拥有很多快乐的，比如在背诵您的《从春天出发》的时候。那时无忧无虑，真好啊。现在的我，仿佛已经老了。我想问您一个问题，您有没有想过要回到过去？当您无法做到回到过去时，您会怎么办？

　　　　　　　　　　　　　　　　　　　　　您的读者：阿言

阿言，你好。

记得也曾有个高三的孩子，问过我同样的问题。那个时候，我正忙着满世界去捡各色各样的叶子，"霜叶红于二月花"嘛，虽然彼时还没落霜，但秋天已达鼎盛，叶子们都浓妆艳抹起来，它们要华丽丽地与这个世界来一场告别。我哪里舍得浪费这样的好时机，只要一得空闲，就跑到野外去了，一边赏秋，一边捡叶子，那段日子，实在快活极了。

现在，我随便从我的书架上抽出一本书，里面都会有当时的叶子蹦出来，有金黄的银杏叶，有血色的枫树叶，有珊瑚红的乌桕叶，有精致迷人的紫薇叶，有像小彩鱼一般的榆树叶……它们让我想起早已过去的那个秋天，想起那时的天空，那时的大地，那时走在秋天里捡叶子的我。我的快乐被重新激活，逝去的秋天，被封存在这些叶子里了。这就是经历吧。人生的丰富里，这算是很浓的一笔。

如果你要问我，想不想再回到这个秋天去。我的答案是，不想。

因为我已经历过了，没必要再回头去走重复的路。我正经历着的今天非常好啊，它是我从未踏足过的今天。我和着一团面粉，里面撒些切碎的葱花，把它变成香香的饼。这饼，属于我今天的创造。我喝着今天泡的茶，站阳台上看午后的阳光，倾泻在我的一盆虎刺梅上，那上面昨天的花凋谢了，今天又冒出新的花朵。我莫名地感动，哦，它是今天的花啊。

阿言，我们活着，只是活在当下，而不是活在过去和未来。

把每一个今天爱过了，才是真正的人生。没有谁能回到过去，"逝者如斯夫，不舍昼夜"。过去已矣，不慕不恋。未来要来，不避不拒。一切都是顺其自然，到该走的时候，自然会走；到该来的时候，自然会来。我们只管今天的事，把自己的今天照顾好了，从今天里，获取快乐，成为明天美好的记忆。

阿言，你的莫名的情绪可能是高三的紧张带来的，走在高考路上的孩子，少有轻松的。我也参加过高考，当年也如今天的你一样，对前程迷惘得很。但再难走再黑暗的路，总得走下去，走着走着，天也就亮了。你且放宽心，把你的每个今天都过好了，学习上咱尽量去努力，能达到什么样结果，就接受什么样结果。就像农夫种地一样，他只专注于他手底下的种子、泥土，头脑里没有多余的杂念，清风呀流云呀都能使他快乐，到收获的季节，他自会收获到属于他的果实。

你的朋友：梅子老师

月下漫步

敬爱的梅子老师

您好！

我是您的小读者，我读了您不少书，像《风会记得一朵花的香》，像《会弹钢琴的小蚂蚁》，像《走着走着，花就开了》，它们都让我很喜欢。我还读了您写的《林徽因传》，因为您，我也喜欢上林徽因了。

现在我上初一了。刚开始到了新学校，我还蛮高兴的，因为结识了新老师新同学。然而渐渐地，我就觉得没意思了。最近一个月以来，我都很迷茫，感觉自己就像是坐在一条没有终点的船上，每天昏昏沉沉的，不知道自己学来学去的，到底是为的什么。老师说，为了三年后你们考上个好高中啊。父母说，为了你的明天生活得更好呀。我真的不懂，为了明天我就要让今天不开心吗？我现在每天都活得很压抑。

也许因为我本就是个普通的人吧，长相普通，家庭普通，成绩普通，性格也普通，身上没有任何闪光点。我读您的书时，感觉到您是那么富于激情，您总能看到生活中隐藏的那些小美好，我多想像您一样，也能发现生活中的那些美好，可那些美好好似都在躲避着我。梅子老师，您说我怎么才能让自己变得快乐起来？

您叫我"小海螺"吧。它是我童年最喜欢的一首歌："小海螺呀小海螺，你是我的好朋友，跟我唱歌多呀多快乐，歌声飞出心窝窝。"唉，真怀念童年啊，好像那是很久远的事情了。

您的小读者：小海螺

亲爱的"小海螺"，你好啊。

在给写回信的时候，我特意上网搜索了《小海螺》这首歌，朗朗上口的节奏，活泼明快的旋律，溅起快乐的浪花一朵朵，都快把我的房间给淹了呢。这种快乐，轻易就能获得，你不妨也试试。如果你不快乐了，就找一首好听的歌听听吧。

我们多数人都是普通的、平常的，这才构成了芸芸众生。小海螺你知道吗，森林里多一棵树和少一棵树是不一样的；大海里多一粒水和少一粒水是不一样的；这世上，多一个你和少一个你，肯定也是不一样的。我们都是构成森林的一棵"树"，构成大海的一粒"水"，构成社会的一个"人"。万物美好，我们在其中，谁能说谁的存在更有价值呢？如果你是一棵小草，就努力地抽茎长叶，开出美美的花。如果你是一棵大树，就努力地茁壮向上，枝繁叶茂。生命各各不同，各有各的活法，各有各的精彩，这才有了这个世界的缤纷。

之前我出去散步时，逢着一个好月亮，我就在月下多走了一会儿。每逢这样的时刻，我总想着，有这么好的月亮在，不多赏一会儿，实在太浪费了。对了小海螺，你那儿应该也有这样的一轮好月亮啊，你抬头看了没有？每一个月亮，都是你今生唯一的一个月亮，若错过了，就没有了，因为它将随着你的今天的流逝而流逝了。千年前的张若虚在江边对着月亮叹：江畔何人初见月？江月何年初照人？人生代代无穷已，江月年年望相似。他眼中的那枚月亮，虽是相似，但早已不是最初的那枚月亮。当然，也不是我们今天的这轮月亮。人生是代代无穷已，月亮也是代代无穷已。

好吧，还是回到我的月下来吧。我在月下散着步，大口大口呼吸着月亮的气息，那气息有草之味花之味露之味，还兼带点蜂蜜的味道。挺奇怪吧，我就是能闻到这种气味。被月光濯洗过的万物，都变得温柔了，连路边那硬朗朗的梧桐和白杨，也柔顺了枝条。然后，我被一枚奇异的亮光吸引住了，它在一丛木槿之上。在它周围，铺着浅浅的淡淡的月光，唯它那儿是个聚光的焦点，仿佛那里搁着一面小圆镜子。我好奇地凑过去，伸手去捉，亮光却不见了，只有密密的木槿的叶子。我移开身子，亮光又出现了。如此反复再三，我终于弄清楚了，原来，那是一枚木槿的叶子在"闪亮"。因为月亮照射的角度，刚好对准了它，它欢天喜地地接下一捧月光，整片叶子便被擦得锃亮。我突然生了感动，我认为，那是叶子本身的光芒，在适当的时机，闪现出来。小海螺，你看，一枚普通的木槿的叶子，体内也藏着光芒，何况青春年少的你呢？你青嫩蓬勃的生命，本身就光芒万丈啊。

活在这世上，谁都有迷茫的时候，好像苦海无边。可是，当我们抬头看到月亮，当我们看见这闪闪发光的叶片，你或许会明白，我们的活着，就是为了看到更多的月亮，看到更多闪闪发光的叶片，为了遇见更多个在月下散步的自己，那种欢愉，会把我们的内心填满。你现在的读书学习，也是如此啊，是为了让自己见更多的世面，走更远的路，遇见更多新鲜好玩的事物，让自己活得更丰富更有趣。这么一想，学习是不是没那么苦了？因为，你这是在为自己做事啊。

小海螺，一个人开不开心，与他人无关哦，这完全是他自己说了算的事。深陷泥潭的人，一样可以仰望星空。在你学习的间隙，窗外的云，在编排出大型舞蹈；校园里的花草，在吐露着醉人的清芬；风吹过树梢，弹奏出美妙的乐曲；飞过校园上空的鸟儿的翅膀上，驮着一片光……这都是美，也是你在寻找的快乐。

哦对了，明天你那里如果天晴，晚上一定还有一轮好月亮。抽空去月下散会儿步吧，一些美好在等着你。

你的朋友：梅子老师

你在你的时区里舒展

梅子老师

　　您好！

　　我是一名初三的学生。最近我有很多烦心事，常常觉得很焦虑，但我不知道和谁诉说。

　　我的成绩总是忽上忽下，摇摆不定，这令我十分十分烦恼。不是我不努力啊，我真的很努力很努力了，感觉自己已用尽洪荒之力，但成绩仍是没有起色。

　　我的家庭呢，也不好。我是重组家庭，我很讨厌我的后爸爸，我不喜欢他。

　　我妈也没以前那么疼爱我了，尤其是我的表姐来我家之后，把我妈对我的爱全拿走了。说一件小事吧，我特别特别爱吃蛋糕，这是我妈知道的。一个周五放学后，我妈带我去买了两个小蛋糕，那会儿我可开心了，觉得自己是世界上最幸福的小孩。可第二天我表姐来了后，我妈把那两个小蛋糕全都给了她，在我毫不知情的情况下。我得知后，真是难过疯了，我妈说以后会给我重买，但她一直没有买。我觉得自己被伤害了。这事儿搁在心里，什么时候想起来，都很难过。

我很讨厌爱被抢走的感觉。梅子老师希望您可以回复我！

您的读者：核桃

小核桃，你好呀。

为成绩的事烦恼，我也曾有过呢。也是你这般大的年纪，我在念初中。对物理学科惧怕得要命，我弄不懂什么电流、压强诸如此类的概念，我也无法计算出物体的摩擦力、浮力的大小，虽然上课我一刻也不敢走神，拼命睁大眼睛，竖起耳朵，生怕漏去老师的一言半语，但我的物理成绩还是见不得人，委实低得可怜。那时，我简直为物理痛不欲生了，不知偷偷哭过多少回呢。

后来我想通了，我只尽我的力就行了，实在学不起来，那也不是我的问题啊。就像我有个同学，唱歌非常好听，学校举办文艺节目，他一定是最亮的一颗星。而有个同学，唱歌却是反嗓子，同学们笑话他是乌鸦嗓。可他每天依旧快快乐乐地哼哼唱唱着，活出了属于他的灿烂人生。美妙的歌喉不是人人都具备的，有的人生来就是五音不全，唱不了歌，但不妨碍他保持快乐，用心去歌唱生活。我们的学习也是如此，也许我们在理解力上就差那么一点点，那是上天当初在造我们时就决定好了的事情，那就这样吧，我们尽力而为就好。我们在其他方面也许很不错呢，就像我在记忆力方面就很好，我便发挥我的这个优势，多读书，多记忆，用我擅长的学科，来弥补不足的学科，最终走出困境。

宝贝，找找你薄弱的地方，也找找你擅长的领域，用你擅长的，带动薄弱的。然后，你只管闷头往前走，也许最后未必能走出一条辉煌大道，但走出一条开花的小径也很好啊。每个人都有自己的发展时区呢，你在你的时区里舒展，没必要为时区外的事情焦虑，一切都会过去，一切终将到来。

家庭的事你也不必过多烦恼，人与人的缘分，再长，也不过几十年的光阴。珍惜拥有的吧。想你妈对你的爱，肯定要重于两个蛋糕。你又何必为蛋糕之事耿耿于怀？对你妈来说，表姐再好，也好不过她的亲生女儿，这点毋庸置疑。她之所以那样对表姐，是因为表姐是客啊。对待客人，我们总要表现得热情些大方些，你说是不是？

快放寒假了吧？你该开心一些呀。过年了，有新衣裳穿，有好东西吃，还可以去看一场电影，去逛逛年货市场，再去逛一趟花市……日子里有数不尽的好在等着你的。还有，过了年，你又长一岁了，离妈妈也就又远了一步。因为小鸟长大了，终究是要飞走的。岁月是这的匆匆啊，你怎么舍得浪费和妈妈在一起的时光呢？宝贝，少去埋怨，多些理解和包容，好好爱，爱自己，爱妈妈，爱这个世界。

祝你每天都活得漂漂亮亮！

你的朋友：梅子老师

所谓体面

梅子老师

您好：

老师，长大好痛苦呀，我感觉我的眼睛里没有光了，曾经那个爱笑、乐观的女孩，现在变得低沉、压抑了。

前年的十二月，我参加了研究生考试。备考的过程中每天都坐在那里，什么也不想，现在想想其实那个时候很轻松，眼睛里面只有一个又一个的字，其他什么都没有，没有生活里的琐碎，没有对未来的担忧。考研到底给我带来了什么，是这几年什么也没有？还是现在考完了，忽然感觉什么也做不了的焦虑感？考试考完了，甚至已经过去一年了，我还是没有如释重负的感觉。我不知道我的未来到底会是怎样的，我害怕准备其他考试，我怕待成绩出来了，又是一场空。我不清楚自己的能力，不清楚自己到底能干什么，我什么都不清楚了。

在这样的情况下，我又一次走进考场，没出意外，我又失败了，它宣告了我的学生生涯到此落幕了。我开始害怕其他考试，当自己再拿起课本，我发现书中的内容竟然那么陌生，一点也记不起来了。那些文学概念、文艺理论，我竟一点也背不会了。毕业离开校园的那一刻，觉得自己没有任何价值了。

内心真的很苦很苦，但我只是闭口不言，这是一种逃避吧！我知道是逃避，但我真的很累，好想一睡不起啊。我开始麻痹自己，不断地出去玩，让自己忙起来。大半年里，我走过很多山水，完全把自己当作一个"行者"，但当静下来独处时，还是会感伤。

为了实现自我存在的价值，我参加了大学生乡村振兴计划，目前在我们这儿的团市委办公室服务。工作的大半年里发生了太多太多，相遇和别离、开心和难过，时间的浪推着我向前，我努力一天天地学着生活，学着变成大人的模样，可是我不开心。我时常想，如果我换一种生活的方式是不是就不会这么累。但我又觉得自己不是个轻易沉溺在舒适圈里的人，想要更多，就只能承受更多。于是我很焦虑，到底怎么做才是正确的选择。我想考教师编制，结果却连面试都没能顺利越过去，我的信心垮了，内心真的很煎熬。看着身边的同学一个个都上岸了，虽然不想攀比，但我的心里依然难掩落寞与嫉妒。

新的一年了，我能不能考上我理想的工作，能不能完成我的这场"大考"，未知。可我该怎么办呀，这过程真的太痛苦了。这种痛苦、焦虑、压抑不知和谁去说，还是选择和您絮叨絮叨。我的这封来信夹杂着很多悲观情绪，请您原谅！我也会尽快调整好状态。

期待您的回信，祝好！

您的读者：R

亲爱的好姑娘，你好。

我们每个人都是哇哇大哭着来到这个世上的。也许从那时起，我们就预知到，这世上的路并不好走，可我们还是一路走下来。为的什么呢？为的是，总有些美好，在生活的缝隙里茸茸生长着。比如有天真。比如有浪漫。比如有真诚。比如有善良。比如有花开。比如有月出。再比如，有一碗可口的重庆小面吃。

我去重庆，最大的感受是重庆人的乐观。我认识一个开书店的私营老板，他初到重庆时，口袋里只剩下五块钱。那段时间，他几乎干过所有的苦力活，睡过码头，钻过桥洞，最难熬的日子里，他宽慰自己，只要还能吃上一碗重庆小面，再多的霉运，也会走开的。后来，他靠摆书摊，一步一步，把生意做了起来，兴旺的时候，他同时开着五家分店。疫情几年，他的生意大受冲击，接连亏损，多年来赚的钱，基本上赔在亏损上了。可他并不消极，乐呵呵地对我说："我还能吃上一碗重庆小面嘛，没什么大不了的。"

好姑娘，你还能吃上一碗好吃的面条吗？我想，一定能。那就请开心起来。困难什么时候都会有的呢，一个困难解决了，后面的困难又会涌上来。如果一个人总把自己陷在困难里，而忘记了快乐，那是对生命巨大的浪费。且焦虑的情绪会影响人的正确判断，对事情的解决一点好处也没有。过分焦虑，等于自残。

好吧，现在我们来设想一下：假使你考研成功了，是不是就比现在幸福？是不是从此就一切顺利花团锦簇？

再假使，你考教师编制成功了，当了一名教师，你就一定生活得很好没有烦恼了吗？学生不好教、家长难沟通、各项检查应接不暇等等，将成为你新的纠结。且随着人口出生率的降低，学生人数越来越少，将来会面临着大量教师过剩，到时你又当如何？

好姑娘，明天是怎样的，我们谁也看不清，谁也无法掌控。这世上，绝对没有一劳永逸的事呢。基于此，你目前的状况，哪里算得上糟糕呢！你若改变不了大环境，那就改变你自己。不要习惯性地等别人把饭煮好了，你排队去盛。你必须自己动手煮饭，这样，什么时候吃饭，以及吃多少，才能完全由你自己说了算。

是的，人要拥有一两项自己能做主的技能，凭着这一两项技能，再多的风云变幻，他也能活得如鱼得水。说一个我知道的例子吧，我有一朋友的小孩，是上海交大毕业的，到美国宾夕法尼亚大学读的研，前年回了国，她先后找过几份工作，都不满意，因为做得不快乐。最后你知道她干吗去了？她七拼八凑，筹到一笔钱，开了一家卖锅盔的店。店里的装潢都是她亲力亲为，见到的人无一不眼前一亮，田园风的设计，让人如置身美妙的大自然中，清雅又大方。顾客到了她这里，仿佛不是来吃锅盔的，而是来赴一个美好的约会的。她做的锅盔也好吃，自己鼓捣出好多种口味，并在精美的包装袋上，印上走心的文案。有时是一首诗，有时是她写的几句感悟，叫人吃完了舍不得扔掉。她欢欢喜喜一直干到现在，还将继续干下去。有时，她会关了店门，去小旅游几天。也健身，也兼做业余主持人，活得欣欣向荣风姿绰约。

也许你要说，她那么多年的书不是白读了吗，她的好大学不是白上了吗？到头来，也没能混得一体面工作。这或许正是你焦虑的原因所在呢，执着于所谓的体面，把自己的路给堵死了。什么叫体面？能够有尊严且欢喜地活着，做着最好的自己，就是体面啊。一个读过很多书见过很多世面的人，不管她做什么事情，比如卖锅盔，她也跟没读过书的人的品位不一样，处处散发出迷人的书卷气。

好姑娘，愿你能找到自己喜欢的事，并热恋般地爱着它。那么，你和它，都将有一个幸福的未来。

对了，外面的蜡梅开了。如果可以，去闻闻蜡梅香吧。

你的朋友：梅子老师

吹个气泡变成鱼

NO.1

梅子老师

　　您好!

　　我是您的读者,我们全班同学都是您的读者。我们都很喜欢您的文章,您的文字很温柔,抚慰着我们疼痛的青春。

　　我今天给您写信,是向您求救来了。我们班有个女孩子,她非常讨厌她的父母,是很讨厌很讨厌的那种。怎么说呢?她父亲是个暴君,常对她拳打脚踢,有一次居然用皮带抽她,把她抽晕过去。她母亲是个帮凶,她父亲打她时,她母亲不但不阻拦,还在一旁火上浇油。对了,她还有个弟弟,比她小三岁。弟弟是个小霸王,所有人都得听他的,父母对他都是和颜悦色言听计从。她和弟弟闹矛盾,错的永远是她。家里的好东西,都尽着弟弟。

她用的文具，都是弟弟用剩下的。本来她有自己的房间，却被弟弟霸占了，客厅里搭了一张小床，她被赶到小床上睡。她在家里，就是个多余的。

她割过腕。她说她想死，怎么办？她现在都休学了，求您救救她。

您的读者：吹个气泡变成鱼

宝贝你好，谢谢你们喜欢我的文章。

我唤你"小鱼"，好吗？我好喜欢你的昵称——吹个气泡变成鱼。多好的愿景！我想，我们每个人心里都住着一尾小鱼吧，它不受现实管束，活泼又自在，安慰着我们的灵魂，丰富着我们的精神家园。

小鱼，你信中的女孩，跟你关系一定很好吧？请代我抱抱她。

一个人的出生是最无可奈何的事情，因为他根本没办法选择在什么时候出生，出生在什么样的家庭，将要面对怎样的父母。他只有"既来之，则安之"。

我有个朋友是做企业的，跟我说起她小时候的事，情不自禁红了眼圈。她说她家重男轻女，因她是个女娃子，她小时不被父母待见。她母亲脾气暴躁，她没少挨打，常常屁股被打肿了，一个星期都挨不了凳子。挨打的理由千奇百怪，有时因她贪吃了一两口，有时因身上衣裳不小心被树枝刮破了，有时因圈里的小羊跑出去了，有时是母亲自个儿受了委屈，看她不顺眼了。她因此养成敏感的性子，事事都竭尽全力做得完美，叫母亲挑不出错来。

我问她，你恨你母亲吗？她淡淡笑笑，说，小时候是恨的，还曾发过誓，长大了要报仇。可等真的长大了，也理解了母亲。母亲没有受过什么文化教育，思想很守旧。家里那个时候很穷，父亲又是一个懒惰的人，一大家子的吃喝用度全担在母亲一个人身上，母亲整天在外忙碌，哪里顾得上温柔？母亲也是有爱的，否则我也不会长到这么大，她只是不会表达她的爱罢了。有时候反过来想一想，母亲也成就了今天的我。我那时候想的就是要强大，强大到有一天能逃离母亲，所以我做任何事情都非常认真，我后来上了名牌大学，那是意料之中的事。

　　小鱼，天下父母少有不爱子女的，只是爱的方式有所不同。子女多的家庭，偏心是有的，但再偏心也还是有爱在的。就像你信中所说的女孩，也许她的父母真的有些偏心弟弟，但还是供她吃饭，供她穿衣，供她读书。客厅里搁了一张小床，那也是特地为她准备的小床。父母也许是这样想的，她是姐姐，理应让着弟弟。人都有怜惜弱小的心理，小一点的孩子，往往更受父母怜爱。在她，心里却早已经失衡了，原本父母对她一个人的爱，因有了个弟弟，却被瓜分了。她与父母的矛盾就此拉开，于是有了她的"叛逆"。一般的父母对于"叛逆"的孩子，多半是会镇压的。一方面，他们要维护作为父母的权威。另一方面，他们也是真心为子女着急，怕子女因"叛逆"而断送掉大好前程。

　　小鱼，那个女孩的情形是不是这样的呢？父母的暴力当然不对，但引发暴力的前提是什么呢？总不会是无缘无故的吧。她父亲脾气暴躁，这是她没办法纠正的事，她何不避其锋芒，免受伤害？珍惜和爱护自己，是我们每个人必须做好的功课。女孩最好开诚布公和父母聊聊心底的委屈，在双方心情都平和的时候。若父母有所感触有所改变，那再好也没有了。若收效甚微，她可试着改变自己。虽说我们的出生由不得自己，然当我们有了生命意识以后，生命中的某些部分就由我不由天了。我们会思考，会学习，会锻造，一步一步，累积着阅历、知识、才干、心态、品性，原本薄而轻的生命，渐渐变得厚重变得强大。当它强大到一定程度，任谁也伤不到它了。

小鱼，告诉那个女孩，一切的"苦"和"难"，只当是老天为锻造她的筋骨和意志而特别燃起的"烈火"，淬过"烈火"，咱就是金刚身了。

对了，你教她也学学吹气泡，噘起嘴，把所有的不快都吹走，让心中的那尾"小鱼"游动起来，活泼起来。岩缝中的小草尚能开花，何况是她？这世上，唯有生命最大。她还没有开花呢，怎么舍得舍弃它！每个孩子，都是上天馈赠给这个世界的一朵花，独一无二。

愿她珍重！愿她美好！

你的朋友：梅子老师

NO.2

梅子老师：

您好！

您真的好温柔啊！谢谢您这么耐心地开导我们，谢谢您！

我跟您说的那个女孩是我最好的朋友，我们从幼儿园就同学，一直同到初中。现在我们是初二的学生。小时候我们两家就在同一个小区住，后来我家搬过一次家，她家也搬过一次家，还在同一个小区住，您说这是不是缘分？看到她日日承受痛苦，我几乎也要抑郁了。所以我给您写了求救的信，没想到您真的回复了。当听到回复的提示音的刹那间，我激动得心都要蹦出来，我赶紧跑去见我的朋友，告诉她，梅子老师给我们回信了。

我们反复读着您的信，每句话每个字都那么温柔啊。特别是您讲的故事，您没说什么大道理，却深深地触动了我们。是啊，经过"烈火"的淬炼，我们也能变成金刚身。我的朋友读完您的信后只说了一句话，这个梅子老师真像个天使。

跟您说说我朋友的近况吧，目前她休学了，她父母对她不再那么严格了，把她的房间又给她了，她弟弟睡客厅。他们还答应了她的要求，抱养了一只小猫陪她。她最喜欢小猫了，以前一直想养，但她父母不让。我放学后都去看她，逗逗她的小猫，把我的听课笔记带给她，她以前考试成绩每每总居年级第一，比我们所有人都聪明。她在房间的墙上，贴着抄写下来的一句话，那句话是您说的：

每个孩子，都是上天馈赠给这个世界的一朵花，独一无二。

不久之后，也许她就能回到学校，回到我们中间来啦。

现在我和她在一起的时候，最喜欢玩的游戏就是吹气泡。我们想象着每吹一个气泡，心里面就多出一条小鱼，那会儿的我们都很快乐。梅子老师，我很喜欢您叫我"小鱼"，很喜欢很喜欢。对了，我的朋友给她自己取了个昵称叫"小水草"。嘿嘿，小鱼和小水草很搭。

　　谢谢您给处在迷惘中的我们指点迷津！祝您永远美丽！

您的小迷妹：小鱼

　　小鱼宝贝，很高兴又收到你的信。

　　缘分是件很奇妙的事情。佛说，百年修得同船渡。你与那个女孩先后能在同一个小区住，且一起同学这么多年，是多少年才修来的缘分呢？这份情谊，如同中了头彩，当惜之又惜！祝福你们永永远远。

　　你朋友的昵称真是又朴素又美，让我联想到前人的一些诗句，比如"旭日江烟暖，东风水草香"；比如"水草远含青翠色，野花仍吐细微英"；比如"白沙波底石苔青，水草摇摇自在生"，一捧水因水草而生清香，而生青翠，而生柔软和自在。当鱼翔水草间，那画面将是何等静美！想想这世间有如此美妙的景物在，我们也不舍得轻易离开。

　　挺羡慕小水草的聪明脑袋，"以前考试成绩每每总居年级第一"，这也太辉煌太霸气了吧！命运其实挺厚待小水草的呢，当然，这一定也离不开小水草自身的努力。我想对小水草说，把聪明脑袋里的那些芜杂清除掉吧，多让一些美好的事物入驻，多想想蓝天、清风和花朵，多想想书籍、艺术和糖果，让自己的人生充满生趣。希望小水草能早点回到学校，和你、和同学们在一起。人不能孤立世界太久，人是需要群体关系滋养的。

我也很喜欢小猫咪呢，我养了一只，全身雪白，除了脸上有蚕豆大小的两块灰斑外。我给它取名"小雪球"。每每对着它的双眼看，我都会想到"清澈"这个词。这辈子，我努力做着清澈的一个人。我希望你们也是。好好爱那只小猫咪吧，它的身上有干净，有忠诚，有自尊自爱，有大自然水草的气息。

虽说人生天地间，不过一蜉蝣，但既然我们来到这世间，哪怕只做一天蜉蝣，也要好好地过完这一天，饮清泉之甜，赏草木之美，活得自信、阳光，充满力量。

来，我们一起吹个气泡吧，让心底的小鱼畅游起来。

祝愿你们快乐。祝愿你们天天美好！

你的朋友：梅子老师

爱上平庸

梅子老师

　　您好：

　　我是您的读者。在小学时，我们老师介绍了您的书，我一读就喜欢上了，从此，您的书就伴随着我。可以这么说吧，您的书陪伴了我的整个少年时代。

　　我现在已上高二，在一所普通高中，成绩不好也不差。这样的我，很没有存在感，很压抑。

　　我的家庭怎么说呢，很幸福吧。我的父母都是善良的人，他们做着一份普通的工作，却给予我无微不至的关怀，从吃到穿到生活，林林总总，方方面面，照顾得极为细致。别人有的，我都有，他们宁愿自己节省，舍不得吃穿。看看我的学习状况，再想想父母为我付出的，我就觉得喘不过气来了。

　　我不想这么平庸下去，我很想创造奇迹，一跃而上，成为一个优秀的学生，让我的父母眼中有光。可我却改变不了自己的平庸，我只能暗暗生着自己的气，无所作为。

梅子老师，我真的很茫然啊，我害怕着明天，害怕着将来。我的一生，怕是要这么平庸下去，那该怎么办？

您的小读者：颜

颜，你好啊。

读你的信，我读着读着就笑起来。原谅我哦，我想到了一幅漫画：一个可爱的小兽，不小心掉进一个小坑里。它望着小坑上方的一角天空，不住地垂泪叹息，唉，我这辈子怕是不能爬出这个坑了，我的命怎么这么苦哇！在那个小坑旁边，开满大捧的鲜花。它如果稍加努力，就能跳进那捧鲜花丛中了。然它只顾唉声叹气，而忽略掉自身的力量，和一旁鲜花的明媚。

你看，你像不像那只貌似被小坑困住的小兽啊？可爱，稚气，很想给自己插上一对会飞的翅膀，能在突然间凌空飞起，叫人仰望、惊叹、艳羡，可是，人不是鸟，哪里会飞！你于是失望极了，大大的眼睛里，满是委屈。

我想给你讲另一个孩子的故事。她的青春，可真够难堪的。她家境清贫，貌相平常，没有什么能拿得出手示人的。更让人着恼的是，她成绩也不算突出。对物理学科，尤其惧怕，每次考试，试卷上多的是红叉叉。这样的女孩子，完全是只丑小鸭。青春一节一节在长，可是，却没人在意她。

学校分快慢班，她自然，被分到慢班去了。所谓慢班，就是那些考试成绩靠后的，被编排到一个班上。这个班的学生，调皮捣蛋的多，自暴自弃的多，不爱学习的多。俗语里讲，坏木头浮一块儿。对，有人把这个班的学生，称作"坏木头"。老师们都不大待见，课是上着的，私下里，却都有抱怨，对这个班的态度，多半是放任着的。就像放任野地里的草，任它们自生自长。

学校把学生如此划分等级，肯定是不公平。可成绩靠后，却也是事实。每天，看着快班学生，跟骄傲的白天鹅似的，从慢班门前的走廊上昂首走过，她的心里，可真是自卑得恨不得真的变成一棵草。那个时候，她做梦都想变成快班中的一员啊，想让面朝黄土背朝天的父母脸上，因她，而有着荣光。

然等她每每扬起点斗志来，随即却又泄了气。她想，像她那样平庸的孩子，哪里有资格腾飞！她得过且过着。直到有一天，她在教室后面的墙脚下，发现了一簇蒲公英。那是终年见不到阳光的阴山背后啊，可是，那些蒲公英们，却硬是撑起了一朵朵的黄，仰面朝天，笑得又自豪又明媚。她掐下一朵黄，夹进了自己的书里面，暗暗对自己说，我也要做一朵会开花的蒲公英。

她把自卑的时间，用来读书。她把伤神羡慕别人的时间，用来做习题。她每天比别的孩子起得早，为的是多背几道历史题。她每天比别的孩子睡得晚，为的是多看两行书。她还给自己买了本日记本，每晚临睡前，把一天做的事，一一写在上面。她说，如果是只笨鸟，那么，我选择先飞。每一天，她都没有虚度。每一天，她都在进步中。那期间，她读了很多书，这样的读书经历，后来助她走上了写作之路。

没错，那个孩子，就是曾经的我。是你眼中现在所谓的成功者——梅子老师。她曾有着和你一样"平庸"着的青春，却在平庸里，让自己开出花来。

颜，你说什么是奇迹？我以为，能够战胜自己的懒惰、沮丧、灰暗，能够爱上平庸，关心每一步的成长里，有没有烙下自己的印迹。没有辜负时光，内心活得充实，每天进步一点点，那就是在创造奇迹。这样的奇迹，你也能创造出来。我相信，有一天，终有一天，你会开出属于你的那朵花的。

你的朋友：梅子老师

独来独往，神清气定

梅子老师

您好：

我想了很久，终于下定决心写这封邮件给您。

就在六号晚上十点多，我与之前闹矛盾的朋友和解，我与她聊了很久。虽说想早点睡觉，可是我辗转反侧却始终难以入睡。我不知道我该怎么办了。

我一直认为，我是一个很好相处的人。可就在今天，我突然意识到，我是一个喜欢安静，甚至是有些孤僻的人。我没办法很好地融入身边的集体，为此我也曾多次向我妈妈求助，我妈妈只对我说："如果是我，融不进去的圈子就不硬融了。"自那以后，我索性就不去与身边的人进行太多的社交，下早午操后，我总是一个人安安静静地走在人群中，我自己知道这是多么刺眼，我每一次都在心底默默地自我安慰"猛兽总是独行，牛羊才成群"。然而，只有我自己知道，我其实还是很渴望友情的。

那个女孩告诉我，要与身边的人敞开心扉。我是一个初一的住宿生，班里刚好有五个住宿的女生，我的一切大小事都会和她们分享。可是，晚自习她们四个永远是坐在一起聊天的，我听着她们的声音，感觉好刺耳，曾悄悄酸了鼻头。她们四个人无论怎样组合都可以很自然地玩到一起，找到话题，可唯独不是和我。我身边的朋友好像都有更好的朋友。可悲的是之前英语课，老师问谁是你现实中最好的朋友，我却不知道该说谁，只能深深埋下头，默默祈祷老师不要点到我。我不知道该和谁敞开心扉了。

我之前一直在想，会不会是我还不够优秀？我小学所在的是一个教师子弟班，里面优秀的人数不胜数，我在里面很平庸。但是步入初中，我被分到了一个很普通的班，我在班里可以排到前三。都说优秀的人总会吸引来志趣相投的人做朋友，我舞蹈十级，古筝六级，零七八碎的才艺也有涉及。我喜欢读您的书，可是我不会玩游戏，我身边找不到和我志趣相投的人，每次看着他们发着游戏战绩，我都不知道该说些什么。

我曾在学校强迫自己把读书当成爱好，因此与您的文章相遇。我在学校生活遇到挫折，想起了您笔下的曾经。我将一封电子邮件寄予您，希望可以帮助现在的自己度过这道难过的坷。

您的读者：梦珂

梦珂，谢谢你对我的信任。

你真可爱，小心思滴溜溜地转啊转啊，转得自己都晕头了呢。你不知道自己到底是安静好呢，还是热闹一些好呢。你想要融入到热闹的圈子里去，但又抗拒着，觉得自己与他人不一样，自己又会舞蹈，又会古筝，在班级成绩排名也不错，哪能就这么"纡尊降贵"沦入"庸常"！你想做一个特立独行的人，但又没办法做到，你被自己的"人设"羁绊住了，于是乎，矛盾重重。

宝贝，人可以喧闹，也可以安静，两者既能独立存在，也能并存，没有哪个比哪个更好，不偏执，不自傲，随和一些就好。比如，下早午操课后，你可以选择和同学一起说说笑笑，也可以选择安静地走。你们都是青春蓬勃的一群孩子，你在其中并不显得特别，哪有什么扎眼不扎眼的？就像花园里的诸多花儿簇拥在一起开放是美，角落里的一朵小花独自开放也很美啊。扎堆或不扎堆，丝毫影响不了一朵小花内心的热情和灿烂；比如，晚自习休息时，小女生们坐在一起闲聊，你可以选择插进去，兴趣盎然地问问她们聊了些什么。也可以选择安静地待在一旁，做自己的事，或只做一个倾听者。有时，倾听也是一种美德呢。没有谁蓄意要排斥你，只是你自己不安定的情绪在作怪罢了。

没有更好的朋友有什么关系呢？你"曲高"，自然相和的人就少了。俞伯牙弹了大半辈子琴，才得遇钟子期，钟子期虽是个樵夫，却听得懂他的琴意，一句"巍巍乎若高山，洋洋乎若江河"的感叹，让他引为知音。你现在没能遇到懂你的人，是时候还没到而已，等等呗，你的人生还长着呢。

宝贝，少些胡思乱想，和周围的人谈得来就多说两句话，谈不来就不说，这有什么？每个人都自有个性，都自成一个小世界。你完全可以利用别人闲谈的时光多看些书，哪怕是听听音乐发发呆，看看天上的云朵，也是好的。丰富的内心，折射到人的身上会有光芒闪现的哦。到时候，让别人不注意到你都不行。

有时候，做个"特立独行"的人也不错。说不定有同学还在偷偷羡慕你呢，羡慕你的独来独往，神清气定。

祝你开心。

你的朋友：梅子老师

人生就是活着

梅子老师

　　您好：

　　我是一名小学六年级的学生，是您的小迷妹。我想问您一个问题，您说，人生像什么？

　　期待梅子老师的回答。

我是小公主

　　宝贝，你的问题很有意思哦。

　　人生像什么呢？我给一盆吊兰浇水。这盆吊兰跟着我七八年了。我常离家，一走十多天，它不得不常强忍着干渴，等我归。有时看它都枯萎了，但青绿的一颗心，却不肯枯去。我施以点滴之水，它便又顽强地活过来。很快，又冒出新的芽，抽出长长的茎。它的花，开得似乎漫不经心，细细碎碎的白，若不留意，也就被你忽略了。然细细端详，却有着别致的美和动人。一朵一朵小花，微微吐着蕊，像在宣誓：我终于，盛开了。

人生，好比是这样的一盆吊兰吧。既然选择了活着，就努力地活着，怀着初心，不肯轻易离场。

人生也好比一条小溪流吧。有的能一路向前，顺畅流到终点，汇入大海。有的会在中途拐几个弯，但历经曲折后，最终，也能抵达终点。有的，却在半路上止息了，断流了。有的，要穿越很多的乱石瓦砾，道阻且长，然它奔流的脚步，从不肯停留。

我在新疆，曾跟着一条小溪流走。它走过乱石，绕过山岗，山谷空寂荒凉，走得我都快失望了，很想折回头去。然它，没有回头，不屈不挠。它心里面装着蓝天，装着梦想，装着盛开，装着飞翔，就那样，走啊走啊，一直走到一座雪山的下面。我的眼前，突然洞开，七月的繁花多如星星，我看到了最美的草甸。我们的人生，有时缺乏的，正是这条小溪流的精神。当走不下去的时候，不要轻言放弃，再坚持一会儿，也许，我们就到达了生命中的芳草地。

人生也好比一棵树吧。从一颗种子开始，从一棵小树苗开始，慢慢长。有的奋发向上，长成了参天大树，成栋梁之材。有的因品性不端正，长歪了，只能当柴火烧。也有的，脆弱不堪风雨摧，不幸中途夭折。绝大多数的树木，都能撑起葱郁，成为四季风景。就像我们多数人的人生，也许平凡，然却孜孜以求，营造出属于自己的美好和丰华。

人生也好比一面镜子吧。你哭，它也哭。你笑，它也笑。你青青的额上，小绒毛历历可数。它便也在青青的额上，爬满小绒毛。你眼角堆着皱纹，岁月的波浪，在里面荡漾。它便也有皱纹，如波浪一般。这面镜子，也可称作"心灵的镜子"，它会时时映照你人生的容颜是否明亮。

电影《阿甘正传》中，阿甘的妈妈对阿甘说，人生就像一盒巧克力，你永远不知道会尝到哪种滋味。——她说的是，人生在于不断尝试，酸甜苦辣你也许都会尝得到。我想换成另一种说法，人生就像一场旅游，你永远不知道，下一个路口，会遇见怎样的风景。我们也只有走下去，才能遇到。那景致也许很一般，也许很美好。但人生一场，就是为了体验不同的风景，也才有意思，从而成就我们的丰富和完满。

我更愿意人生就是活着，就是我们真切地徜徉在这个尘世里，爱着，眷恋着，一呼一吸间，都闪耀着日月的光辉，花草的芬芳。就是我在这里，就在这里啊，看见天空和大地。看见花开和花落。看见鸟雀飞翔，衰草连天，不久，那里面又冒出鹅黄的新芽。

你的朋友：梅子老师

人生忽如寄

梅子老师

    你好：

    这是写给你的第七封信。

    不知道为什么突然想给你写，但就是想给你写。在人生的某个转折口的时候，就突然想给你写，或者有某种感悟时就想给你写，像积攒很久的酒想给你尝尝。

    这次想写的是离别，想想上次给你写还是因为迷茫。但是这次这个离别的对象不是我，而是大四毕业生。我今年大三，看着大四学长学姐的离去，心中感慨万千，明年我也要离别了。

    告别似乎是大学中的必修课，看着一个个的离去，一个个行李箱滚动的声音，我想大学似乎都没过明白就要离开了，明明离别的对象不是我，可还是莫名的伤感。我始终还是处理不了这种离别，一些人离开了也许就再也不见了。没有永远的港湾，好似每个人都为了各自的目标奔忙着。

    梅子老师，每个阶段给你写信都有着不同的感受，也许这就是成长吧。但依然还是有点迷茫，迷茫好像贯穿了一生的感觉，我们做出的每一步选择都充满了迷茫。在确定了某个目标后，我却还是不能做出我相应的努力，其实自己真正想要的生活到底是什么样的自己也不知道啊。立梅老师好像每次都这样，总是在有些感想的时候想给你写，有时候会突发奇想，想着写信的时候告诉你，可是写着的时候却忘记了那些突发奇想。

每年都给你写一封信，不知道写哪封信的时候会与你相遇，从第一次给你写信，到今年算来已六年了，时间过得好快啊。你说有缘会相遇的。等我工作后，等你下一次办读者见面会的时候，我会与你相遇的吧。与你相遇如果你能拥抱我一下，也算满足我年少的欢喜吧。我一直等待，等待那一天的到来。希望那时候的我可以拿着向日葵和你相遇，而现在的我，应该为我的生活作出努力。

大力

亲爱的大力，又一次收到你的信，真是感慨良多。我见证了一个孩子的成长呢，何其有幸！

感谢你这些年对我的信任，让我能够走近你，目睹着一个少年，一步一步，走向他的青春，如同得遇清洁的草木，眼看着它抽枝、长叶、结出花苞。这是多美好的一件事啊。

"人生忽如寄，寿无金石固。万岁更相送，贤圣莫能度"，几千年前的古人就发出这样的感喟。我们到人间来一趟，不过是来暂住的，相聚是短暂的，别离才是常态，这对谁都是一样的。可以这么说，我们的人生就是由一个一个的别离组成的。

或许正因为我们只是世间匆匆一过客，我们才格外留恋和珍惜这个人世间。我挺喜欢汪曾祺说的一句话："人生忽如寄，莫辜负茶、汤、好天气。"亲爱的大力，对于你来说，眼下除了好天气，除了茶和汤，还有一把美好的青春，还有梦想，甚至连同那些小迷茫，都算得上是一种拥有。你只要一点一点去认真体味，一点一点去靠近去实现，少些未竟的遗憾，再面对别离时，你就能很好地祝福，而不会有太多伤感了。

至于我们真正想要的生活是什么呢？怕是很多人都说不清的。也只是顺着既定的路往下走而已，走到哪儿算哪儿。这其实也没什么不好，你把每一个今天都过得充实了，过得有意思了，把每一段路都走好了，走稳了，生活绝对不会差到哪儿去。曾国藩曾说过这样的话，物来顺应，未来不迎，当时不杂，既过不恋。我们要修炼的，就是这样一种心态吧。

我给一盆刚买的小雏菊浇水，它们的花朵，多像一张天真的笑脸。每天我对着它们看上好多回，它们开了谢，谢了又开，迎来送往着，忙个不停。我总要看得笑起来，日子是这么的庸常，却有细碎的事物，如太阳碎碎的光芒，洒落其上。这些，都被我称作小美好。

亲爱的大力，愿你的生活里，也充塞着这些小美好。

另，我发现你的文笔很不错呢，你有没有兴趣写点东西？哪怕是自娱自乐也好。当你脑中再冒出些"奇思妙想"时，你就拿笔赶紧把它记下来，说不定就是一首美妙的诗歌一篇美丽的散文呢。爱写作，也是爱生活的一种。

有一天，如果我们相遇了，我要给你一个大大的拥抱。我想，持着一朵向日葵的你，一定美好得像一幅画吧。

亲爱的好孩子，我等着你。

祝你夏天快乐！

你的朋友：梅子老师

第三辑　烧不死的鸟，终成凤凰

要想华丽蜕变，必经烈火淬炼。

纸终究包不住火

梅子老师

　　你好：

　　我是个初三的学生。初一时成绩还不错，初二上学期基本上都是上的网课，我没有认真听，然后成绩就一落千丈，每次考试我都不想让我的父母知道。

　　我平时其实挺乖挺听话的，然而一到出成绩的时候，脾气就特别不好，我感觉挺对不起父母的。

　　我是典型的那种内向的学生，在学校时老师也会说我，那语气我听着，很不友善。我的好朋友开玩笑时也会说我，弄得我很不开心。等回到家，父母又来问我这，问我那，我就挺烦挺不冷静的，情绪一上来，会跟他们吵。之前自残过，不过最后想开了。

　　梅子老师，我写信给你，就是想问问，怎么调控自己的情绪（特别是心情不好的时候）？我一直以为我自己情绪控制得挺好的，最后发现却不是那样的，就特别伤心。

你的读者：小迷糊

宝贝，你好。

你可能并不自知，你一直在回避现实。你把一个真的你藏了起来，伪装出一个假的你来应对现实种种，你听话，你乖巧，你不想让父母失望——然纸终究包不住火呀，现实就是现实，不是你想回避它就不存在了的。它不时在提醒着你，刺激着你，于是你控制不住情绪。你也不想这样，可你不敢面对呀，你就这样陷进了一个奇怪的漩涡里，越挣扎，陷得越深。

宝贝，咱为什么不能坦诚一点呢？落下功课就是落下功课了，成绩滑落就是成绩滑落了，咱大大方方承认它，面对它。大千世界有那么多的大事件，咱成绩滑落这件事简直小如芝麻粒儿，有什么可怕的呢？咱想办法解决它就是了。父母得知成绩的真相也许会失望，但他们一时的失望，好过你那么辛辛苦苦藏着呀。总那么"藏着"，是种巨大的负担呢，太累了。

接受现实吧宝贝，唯有这样，你才能把心中的负累放下，也才能调整好情绪，有精力应对面临的问题。落下了很多功课是吧？没关系，咱想办法补呗。能补多少是多少，总能获得些收益的。

这就好比农民种田，有时他们会因什么原因错过播种季节，那个时候，他们绝不会破罐子破摔，眼睁睁让田地荒芜在那儿。他们会想尽办法补救，一寸土地也不肯留空。错过了长水稻，没关系，就播种黄豆吧，就栽些红薯和萝卜吧。错过了长玉米，那就长些土豆吧，就长些大白菜吧。最后他们也一样收获满满。

宝贝，学习完全是你自己的事情，你不用对任何人负责，你只要对自己负责就行了。眼下，你就当你面对的是一块新开垦的土地吧，勤奋一点，一粒种子一粒种子播下去，最后总能长出些什么的。

宝贝，坏情绪是魔鬼。教你个小诀窍哦，当你的情绪忍不住要爆发时，你且深呼吸一口气，再深呼吸一口气，默念三声：我不是魔鬼，我是天使。我不是魔鬼，我是天使。我不是魔鬼，我是天使。

嗯，天使是来拯救人类的，怎么可以乱发脾气呢。

祝你开心！

你的朋友：梅子老师

不去想时间之外的事情

梅子老师

　　您好!

　　我很喜欢你写的文章,读您文章的时候,感觉整个人都变得很舒适。真的很想成为您那样的人啊,活得清灵、自在,而又快乐。

　　我眼下很焦虑很苦恼,学习状态很不好。我严重偏科,物理才考四十九分。总分也不高,在班级处在中游水平,这样的成绩,想要考上一所理想大学简直就是天方夜谭。现在眼看着一年又过去了,我离高考更近了一步,真不知如何面对接下来的生活。

　　好想做个长长的梦啊,就待在梦里不要醒来才好。我的未来是什么样子呢?会不会一团糟?我很茫然。

　　梅子老师,您能告诉我吗?

采蘑菇的小姑娘

宝贝，你好。

看到你的昵称，一段轻快、活泼、明丽的旋律，霎时在耳畔回响起来，我忍不住跟在后面哼唱起来：

采蘑菇的小姑娘

背着一个大竹筐

清晨光着小脚丫

走遍森林和山冈

她采的蘑菇最多

多得像那星星数不清

她采的蘑菇最大

大得像那小伞装满筐

……

你一定很喜欢这首歌吧？能拥有这般天真烂漫的情怀，想你肯定是个可爱得不得了的姑娘。这么可爱的姑娘，未来怎么会一团糟呢！

你说的偏科现象，是个普遍现象呢。女孩子大多数是感性的，偏向于文科。男孩子则多理性思维，他们更喜欢理科。要使门门功课均衡发展，还真不容易做到。倘使你已尽了力，你就不必自责，因为那不是你的原因，那是先天注定你无法消化它。老天生人，各不相同，有人拥有这项才能，却欠缺那个特长；有人拥有那个特长，却欠缺这项才能。你是橘子，就成不了苹果。同理，你若是苹果，便成不了橘子。各各领受属于自己的那一份所有，尽心尽力，就是最好。

你的成绩能处在中游水平，这已很好了呀。如果能再往上提一提，当然更好。不能的话，咱就维持这个状态吧。想想吧，你后面还有一半的同学跟着呢，如果你都很焦虑，那他们岂不是要焦头烂额了？宝贝，调整好心态，不要把精力和时间浪费在焦虑上，不去想时间之外的事情，那些事情，等时间到了，自然会得到解决。还是多做一道习题吧，多读两页文章吧，哪怕就是哼哼《采蘑菇的小姑娘》也不错呀，至少能让心情愉悦。

至于理想的大学，将来能考上最好，考不上也没关系。改变命运的机会多的是，只要你脚踏实地，继续努力。冬天的种子从不担心春天它会不会发芽，更不会担心将来它会不会开花结果。因为它知道，只要扎根于大地，它的生命便会蓬勃生长。一颗努力的种子最终得到果实，就是它最好的报酬，无论这个果实是大还是小。你也是。

你的朋友：梅子老师

酿好自己的香

梅子姐姐，您好呀。

我是您的小读者，今年高一，是在一所还不错的高中。

我初中时总是疏离于人群，不大和同学交流，特别是不会和男生相处，总是给自己套上一副冷漠的面具，拒人于千里之外。

上高中之后，我尝试着与同学聊天，和大家一起玩。我做得还不错，同学们也都算喜欢我。其中一个男生，我发现我们很有共同话题。渐渐地，我们俩的互动就多了一些，我总是隐隐期待他给我发消息，但又担心这样的情感会耽误学习，这让我总是心神不宁。这是我第一次和男生走得这么近。梅子姐姐，我应该如何处理我现在的困惑呢？

希望得到梅子姐姐的解答。谢谢您。

您的读者：一杯柠檬茶

宝贝，你好。

没有人是一座孤岛。你能尝试着从"冷漠"中走出来与人交往，收获到一波一波的喜欢，想你也因此获得不少的快乐吧？多好！能被他人喜欢的人，是有着其独特的魅力和闪光点的。你是一个有光芒的人。祝福你！

你说你与一个男生互动多了些，心中有了隐隐的期待。我想你是情窦初开了，你喜欢上他了。我可以拥抱一下你吗？多么美好的年纪，多么纯真的情感！我仿佛看见一朵沾着晶莹的露珠含苞欲放的花，于清风中嫣然。大自然因这朵含苞的花，多出一分怎样的清新和纯美啊。所以宝贝，别忐忑，这是再正常再美好不过的事情。喜欢上异性，也是我们必须具备的一种能力呢。

只是啊，我们的这份情感还太稚嫩，宜藏不宜露，这是对你的保护，也是对他的保护。花开有序，到它开放的时候自然会开，若是人为地提早地让它开放，结果往往不是夭折，就是凋零。宝贝，你其实也意识到了这一点，担心会因它而耽误学习。那么，我们就来个云淡风轻吧，与他当哥们儿相处着，坦荡些，再坦荡些，想发信息就发，想说话就说话，不遮遮掩掩，而是落落大方，多交流些学习上的事。慢慢地，你会没那么心神不宁了。因为，你完全把控了你的情感。

宝贝，扰乱我们心神的，往往是些不确定的因素，这些不确定的因素多半由胡乱猜测、胡思乱想而产生，总想要个结果，可结果是最说不准的，我们又何必自寻烦恼？你只管本着善良和真诚的原则，做好自己的事，酿好自己的香，就这么走下去，到开花的时候自然会开花，到结果的时候自然会结果。

你的朋友：梅子老师

烧不死的鸟，终成凤凰

亲爱的梅子老师：

见信好！

这是一封拖了好久的信，主要是之前觉得在寒假没有那么难受，但是今天又突然好崩溃好崩溃。

我就是那个上次在微博找您要信箱的女孩子呀，之前在公众号里留言也被您回复了，我真的很开心很激动！

初一开始喜欢您，今年已经高一啦！时间过得真的很快。但是，时间飞逝的同时，我能明显地感觉到，我好烦我好累，我觉得，我已经不是当初的那个我了。

在小学，成绩真的名列前茅，而且我过得十分轻松自在。现在回想起来，我自己都不知道，我当时是如何做到轻轻松松考得超级好的，我暂且称它为运气吧。但是，上了初中，一切都发生了翻天覆地的变化。我上的是市里面最好的一所民办初中，我真的不知道究竟是哪一步出了差错，成绩一落千丈，我发誓我初一真的非常认真地听课！但是第一次的月考就给我当头一棒，第一次考倒数，我当时整个人都崩溃了，自责万分。

不得不说一下我爸爸了。之前他一直在外地工作，从我小时候起就是，缺席了我的大部分成长，却意图在我中考的关键时刻控制我，接近我，美其名曰陪伴我成长。很可笑吧？他已经逐步变成了一个让我恨之入骨的角色了。因为一次考试，他一个电话打过来，让我别学了，说我脑子里全是水，还骂了很多很侮辱人的话，我不想一一列举回忆。他骂我的时候，我妈在旁边听着，也没有多劝，这是我第一次开始讨厌我爸。小时我就不喜欢我爸，但那时也没讨厌过。从我记事起他就和别人的爸爸不一样，老师说父亲是慈祥的，然而我的爸爸却是喜怒无常，经常会发无名火。他又会打一个巴掌给一个甜枣，小学的我就这么一直忍下来。而且，我觉得别人的爸爸都一直在身边，而我的，不一样。不说这个了。也是从这天起，我第一次开始看不清我妈这个人。

七年级下学期的期中考试，我不知怎的，来了一次爆发，考到了一个超级超级棒的名次。然而这件事情令人愉悦的同时，也带来了更致命的结果，所有人都觉得那是我可以达到的水平，要求我更好。事实上，我再也没有考到过那么好的名次。特别是八年级下学期，寒假结束后的第一次测试，我的成绩再次一落千丈，直接垫底。这种垫底状况，直到中考成绩出炉才算翻篇。

八年级有一天晚上，我写作文。我写作文向来都会思考整体很久很久，然后二十到三十分钟内结束战斗（其实，我真的很喜欢写作文，特别是散文，这还要感谢梅子老师那么多优秀的文章，带我走进了散文，我从小的作文真的就没差过，中考虽然查不到作文单独得了多少分，但是我的语文，120 分的总分考了 113 分！

我查分的那一天看到113分真的很高兴很高兴！哎，怎么又扯远了？）。我爸二十分钟左右来检查我在干吗，发现我二十分钟只写了五个字的开头，就开始骂我。我很委屈，回了一句"待会儿就写好了"。他觉得我在诓他，抢起拳头就打我，我往床上躲，他先打我腿那边。然后，狠狠打了我的后脑勺，我整个头轰的一声，好痛！眼前一黑，晕了过去。我妈过来，把我弄醒了，让我去洗澡。我爸思来想去还是把我带到医院里去看了，我真的很希望给我看病的医生可以报警说有人家暴。但是没有，我去做了基本的检查，被告知好好休息，无大碍。我爸就又开始对我摆脸色，我妈吧，可能也是害怕吧，她一直不敢和我爸正面刚，她只会来阻止我和我爸正面刚。从那时起，我，对我爸的讨厌，一点一点变成了恨。我开始向周围的亲戚们吐露我不喜欢我爸的心思，得到的只是我应该服从我爸，我应该理解体谅我爸，说我爸本质上是爱我的，只是他的表达方式不对罢了。但我真的不这么认为。为什么我一定要为得到所谓的"乖""懂事"的评价而屈服于世俗？为什么长辈一定是对的？为什么在大家的观念里，所有父母都一定是为了孩子好？我真的为这件事伤心很久！

后来呢，我开始不敢和大人们说了，我只会和我关系特别要好的好姐妹们说。但是，我又不敢全说，我很害怕她们觉得我爸不正常的同时，也会觉得我不正常。那之后，我爸又打过我几次，不过他学聪明了，不再打我的头，只是会扭我的手（手会青、会紫），会打我的屁股和腿，他会骂我没出息，会说给我交的学费白瞎了、不如打水漂还有个响声等等难听的话。有一次他和我在外吃饭时，在餐厅和一位服务员起了冲突，他大骂服务员，我很没面子，就不理他，说了一句"你不要面子我还要面子"，就……就激怒了他。回去的车上，他越骂越气，大打出手。那一次，我录音了！且在那一次，我郑重地向我妈提出，让她和我爸离婚。我妈却希望我们家平平淡淡地过日子，她只是安慰了我，让我快整理好情绪去上补习班（那是周六，我要上补习班）。可笑吧？我开始意识到，我要真正的独立，我要靠自己。

中考我算是咸鱼翻身，分数比模考高了一百分左右！全家上下本来做好了我考不上高中的种种准备，我却考上了一个在家旁边还不错的高中！这是一段噩梦的结束，却也是另一段噩梦的开始。

高中，因为是踩着分数线进来的，所以，不出意料，我的成绩又是垫底。不过我早已习惯，我家里人好像也习惯了，偶尔骂骂，在我突破他们底线的时候。反正我也几乎免疫，无欲无求，就是一整个混日子心态。唉，我也不知道我原来那股子好强的劲头是什么时候消失的，总之我对现在的自己又爱又恨。

平静的日子却出现了新的问题，我爸妈因为买房子的事，要离婚了。买房子实际上只是一根导火线，他们之间的不和可太多了，我都看在眼里。虽然我也劝过我妈离婚，也早就做好了他们早晚都会分开的准备，也真的很恨我的爸爸，但是当我妈跟我说的那一瞬间，我还是狠狠地难过了。我清晰地听到，我脑子里的一根弦绷断的声响。

不知道还要对您说什么了，只是好崩溃。

爱了您四年的读者：小麻花

亲爱的小麻花，你好。

读你这封信的此刻，我正患着重感冒，头疼鼻塞，身体软绵绵的，十分难受。

这怨我的大意，上午一个大太阳把世界照得暖和和的，催开了不少玉兰树上的花骨朵，甚至有几棵爱出风头的海棠，也兴致勃勃参与进来，枝条上鼓起小花苞，被暖风稍一引诱，就全张开了嘴，好颜色染上枝头。好吧，我以为真正的春天到了，便有些忘乎所以了，脱下厚重的外套，换上薄衫，出门去，追着花树跑。

午后，天气陡地转寒，太阳隐入云端，风也一改午前的温温柔柔，几乎是在弹指间变得冰冷。我徜徉在花树下，猛地被冷风一吹，当下就打起喷嚏，身体跟着打起寒战来。我知道情形不妙，忙忙往家跑，还是比感冒晚了一步。乍暖还寒的春天，最叫人难当呢，爱它不是，恨它又不是。你说，这是不是像极了我们的人生呢，有时也是这么乍暖还寒着。

可尽管如此，我们还是爱着。当我仰头望上一棵花树；当我低头瞥见嫩绿的新生的小草；当我的耳畔传来燕子的呢喃；当荠菜、枸杞头、马兰头这些春天的新鲜滋味在我的舌尖上缠绵，我总抑制不住感动，在心里对自己说，无论人间有多少疾苦都无妨的，只要还有这些美好在。亲爱的小麻花，当你陷在坏情绪里无法走出来时，不妨去看看身边的花树，去听听燕子的呢喃，去尝尝春天的好滋味，或许你会获得一刻安宁，对眼前的困局有了新的认识。

我们生而为人，的确有很多的身不由己。比如你做你爸的孩子，这不是由你说了算的事，你愿意也好，不愿意也罢，你就是他的女儿，他就是你的爸爸。你与之较劲有用吗？非但改变不了事实，还导致你们的关系进一步恶化。那怎么办呢？我以为，心平气和地接纳才是正解。岩缝里的小草一样能开出明艳的花，悬崖上的树一样能生长得蓬勃葱郁，因为它们懂得一个道理，那就是适者生存。对它们来说，环境恶劣已然成为现实，对抗是愚蠢的无效的，只有坦然接受，寻找到有利于它们生存的契机，它们才能更好地活下来。它们绝不放过每一粒吹过来的尘埃，绝不浪费每一缕投向它们的阳光，绝不拒绝每一滴飘落到它们身边的雨露，它们最终会涅槃成功，获得"新生"。宝贝，比起岩缝中的草、悬崖上的树，你所处的环境要好多了，你爸虽然脾气粗暴，但他也为你提供了足够安逸的生存空间，风雨不侵，衣食无忧。也为你提供了充足的学习资源，书籍笔墨一样不缺，这些都是洒向你的"阳光"和"雨露"啊。宝贝，好好握住这些，用知识和才能武装自己，让自己茁壮起来。

高中课程学习的难度更大一些，你的成绩出现一些波折也属正常。这个时候，自暴自弃只会使状态越来越差。你也不想这样下去的对不对？否则，你也不会这么痛苦。那咱就不要这样了呀，振作精神，直面现实。当你直面现实的时候，你会发现，现实并没有那么可怕，不就是几门学科的事情嘛，咱把它们好好捋一捋，能补的加紧补，补不上去的，就尽量让它维持现状。总之，尽你最大的努力去完成学业。最后，说不定会像中考时一样，来个咸鱼大翻身呢。若没有咸鱼大翻身也不要紧，怕什么！这世上到处都是路，此条走不通，咱改走一条就是了，只要你不停滞，一路走下去，累受得，苦吃得，最终你的人生，定是丰盈的。我曾听过一个谚语：烧不死的鸟，终成凤凰。要想华丽蜕变，必经烈火淬炼。

你爸妈的事情叫人遗憾，这也不是个例，不少夫妻过着过着，就分道扬镳了。这是没办法说得清的事，只能说，他们的缘分到此为止。好孩子，你干涉不了，那就随他们去吧。他们有他们的世界，你有你的世界，你只要守好你做女儿的本分就好。你要独自走的路还长着呢，愿有一天你能成为"凤凰"，高高飞翔。

你的朋友：梅子老师

少演一些独角戏

梅子老师

　　您好!

　　小学三年级的时候，我们语文老师在班上朗诵您的文章《从春天出发》，写得真美啊，我一下子喜欢上您的文章。从那之后，我读了您很多书，摘抄本上几乎全是您的句子，我太喜欢您了。我的作文有您的影子，常常受到老师的表扬。我还参加过省内小学生作文竞赛，获得特等奖。这都是因为有您。谢谢您!

　　我现在是初中生了。然而我并不快乐，感觉环境很陌生，也没有什么知心朋友。看同学们在一块热热闹闹的，好像他们一开始就相互认识，我显得很多余很孤独。有时我也好想融入他们，但他们好似都有意孤立我。现在开学已一个多月了，我还孤单着，我该怎么办?

您的一个读者

宝贝你好!

能因一篇文章而喜欢上我写的文字,且持续喜欢着,并融入自己的写作中,取得不俗的成绩,说明你是一个多么聪慧而柔软的人。你是可爱的善良的。这样的一个你,何愁没有人喜欢?

到了一个新的环境,有陌生感是很正常的呀。因为那些路,都是你没有走过的路;那些房子,都是你没有见过的房子;那些人,都是你不认识的人。这有什么可难过的呢?陌生的路你多走两遍,也就成了熟悉的。陌生的房子你多进进出出几回,也就成了日常。陌生的人你多打几声招呼,也就成了亲切的人。还有路边的那些草木,你路过时,多行几次注目礼,向它们的枝叶致敬,向它们的花朵致敬,向它们的果实致敬,它们慢慢都会成为你的朋友的。

我们都是赤条条来到这个世上,那个时候我们身无长物,头脑空空,对这个世界一无所知。我们很有幸地被世界接纳,跟着时间的长河一路向前,一点一点去认识天空认识大地,从无到有,从陌生到熟悉。宝贝你也不例外,又何惧陌生?

你的同学与同学也并非生来就熟悉,他们一定也经历了一个由陌生到熟识的过程。他们为什么要孤立你?我想,这多半是你想多了的缘故。你在内心上演着独角戏,并沉入进去,越演越孤独,而你的同学并不知情。

宝贝,抛开你的胡思乱想,少演一些独角戏,你绝没有"重要"到让所有同学都忌惮你孤立你的地步。请给时间一些时间,以耐心，以友善，以宽容，以真诚，我相信，用不了多久，新的校园会被你真心喜欢并热爱上，并将成为你日后记忆里美好的一章。

你的朋友：梅子老师

雾会散去的

梅子老师

　　您好：

　　我一直是您的小书迷啊，好喜欢您。

　　今年我上初三了，却越来越迷茫，想要努力，又不知道该朝哪个方向前进。

　　有时候吧，也感觉自己考不上高中，倒是有些难过了……

　　想初二那样好的班级，我在里面生活得多么快乐。现在过去了一年不到的时间，我却像过去了一个世纪似的。我多想再回到过去啊……初三的生活紧张又焦虑，我该怎么做才好？好想做一个长长的梦，不要醒来。

您的读者：洽洽

　　洽洽，你好。

　　谢谢你读我的书，谢谢你喜欢我。

今日晨起的时候，我的窗外起了好大的雾，近处的树，远处的房子，都没在雾里头，隐约着，像浮动的小山丘。手机里有信息跳出来，说某段高速封路。这样的大雾天，在高速上开车是很危险的事情，明智的做法，是停下脚步，等上一等。雾会散去的，阳光会还天地一个明澈。

我本是要外出的，去赶飞机。谁想到一场雾会挡了我的路呢？惆怅、懊恼和着急都无济于事，我于是上网改签了航班，慢条斯理坐下来，读一首诗，并用笔抄下来。看看窗外的雾还没有散开的意思，我又摊开一张宣纸，画了一幅日出图。我的心情并未因这场大雾延缓行程而受到丁点影响，反而收获到别样的充实。两个小时后，大雾终于渐渐散了，我不紧不慢出门，一路顺畅。

现在，我正坐在南方一家酒店里给你回信，心情恬淡。窗外的天空渐暗，风中满布着鸡蛋花的香味。南方多这种树木，花形奇特，恰似煮好的鸡蛋切成一瓣瓣。我在想，假如早晨我因一场雾的突然出现而神伤，而手足无措，我的心情当会变得相当糟糕。接下来的行程会不会顺利，很难说呢。可以肯定的是，我将好长时间困扰在那场雾里，最终雾虽散了，而我心中的雾，却久久散不去，我会变得很不快乐。葡萄牙作家费尔南多·佩索阿写过这样一句诗：你不快乐的每一天都不是你的。我将因一场雾丢失掉一天呢。这是不是很亏？

洽洽，你现在的小迷茫，就如同晨起的一阵雾，它说来就来了，叫人猝不及防。

那怎么办？

答案是：等着它自行散去呗。

当然，你也不是傻傻地等，束手就擒地等。而是利用"迷雾"散去的间隙，静下心来，做点实实在在的事，就像我坐下来读一首诗，画一幅画一样。你可以跟着老师的节奏，上好每堂课，及时完成每堂作业；你可以朗诵几篇文章，如果觉得好，不妨仿写一下，这样做既能更深刻地领略文章的精髓，又锻炼了你的文笔，对提高你的写作很有帮助呢；你也可以亲近亲近自然，抬头看看天空，低头嗅嗅花朵。说不定看着嗅着，你写作的灵感就源源不断涌出来了……你就这么稳稳当当地过着你的日子，某天，你会突然惊讶地发现，笼罩在你头顶上空的"迷雾"，已不知飘到哪儿去了。

宝贝，盯紧你脚下正走着的路，过往不恋，未来坦然相迎。

你的朋友：梅子老师

你有你的山头

梅子老师

　　您好！

　　最近一直在看您的文章，您的文章叫人心软，看了之后心情果然舒畅了些。我很喜欢，它是我燥热时的一副清凉剂。

　　步入高中的我很不适应，虽然考上了理想高中。但是高中生活和我想的太不一样了，很累很苦，我一点儿也不敢懈怠。尽管如此，结果却每每不尽人意。班里的同学都很内卷，一个个都跟打了鸡血似的，我压力很大。

　　高中真的好难啊，我好怀念初中的时光，回望过去皆是欢喜，望向未来，却一片迷茫。我很焦虑，有时很崩溃，不知道该怎么办了。

您的读者：小雨

　　小雨，你好。

　　祝贺你考上理想的高中哦！虽然这个祝福有些迟了，但那是你人生路上的一段辉煌，你一定为之付出很多努力，值得庆贺。

人生就是一个爬山的过程，起点是山脚下，终点是山顶。我们每个人的起点都一样，都是从山脚下出发，只不过有人最终克服重重阻力，到达山顶。有人却中途放弃，留在半路上，再无缘山顶的绝美风光。

山路多蜿蜒多崎岖，这是山路的特点，也是人生之路的特点。你轻松地爬过了小学阶段，顺利地爬过了初中阶段，现在到达高中阶段。这个时候，你前行的路上出现了坎，出现了坷，出现了乱石横阻、壁立当空，这都符合山的走势呀，越往上走，障碍会越多。这很具挑战性。人生本就是一场挑战连着一场挑战的。爬山之乐，正在于这种挑战性，它的曲折，它的蜿蜒，它的坑坑洼洼，它的崎岖难行，都是必不可少的。政治家兼大文豪王安石曾说过："世之奇伟、瑰怪、非常之观，常在险远，而人之所罕至焉。故非有志者不能至也。"对于我们的人生之路来说，何尝不是如此？你得拥有坚定的意志，勇往直前，才能让你的生命，绽放出应有的瑰丽之光。

小雨，山顶自在前方，不用去遥望去迷茫。你的眼光只需关注你的脚下，认真地向上走着就是了。有什么好怕的？咱一个障碍一个障碍地去克服，走得慢一些不要紧，只要咱不停下脚步，不气馁，不放弃，总能走到山顶的。至于别人是快马加鞭地走，还是插上翅膀飞着过去，你都不要去在意。他们走的是他们的路，爬的是他们的山，各人有各人的山头呢。

是的，你有你的山头，守好你的这座山就好了。

你的朋友：梅子老师

一锹一锄，锲而不舍

梅子老师

　　您好：

　　我是进入初中后才知道您这个作家的。

　　我的小学都是在乡下念的，眼中见到的世界除了村庄，还是村庄。也没读过多少课外书（老师根本不推荐我们读），等我来到城里念初中，才知我和同学的差距，他们说到这本书那本书，侃侃而谈，没有一本我读过。我真的很自卑。

　　我读的您的第一本书是《风会记得一朵花的香》。封面上印的一段话让我太喜欢了："一个人的存在，到底对谁很重要？这世上，总有人会记得你，就像风会记得一朵花的香。凡来尘往，莫不如此。"我流下了眼泪。我也不知道我为什么会流眼泪。可能是刚到城里太孤单了吧，您的这本书，抚慰了我。

　　我的同学却说她们在小学时就读过您的这本书。她们嘲笑我是乡巴佬，没见识。唉，不说了，反正因为我是乡下来的，她们对我各种嘲笑。我也没什么好说的，谁让她们都比我优秀、长得都比我漂亮、家庭条件也都比我的家庭条件好呢?

我现在上初三了,幸运的是,进了加强班,成绩中等偏上吧,应该能考上个不错的高中(老师说,像我们加强班的,高中录取率都在百分之八十以上)。我的父母对我寄予厚望,我妈说把我上大学的钱都准备好了。

然而,这学期我却遇到一件烦恼事,我的父母在闹离婚。我没有心思学习,我本来就很自卑,现在更加自卑,为什么我的同学命那么好,我的命却这么苦?我的成绩一落千丈,老师对我也没有好脸色了。我不敢对任何人说,同学们都在暗地里笑话我吧,我想我是考不上理想的高中,更不要说将来考大学了,我是要让我妈失望了。

梅子老师,我没有朋友可以倾诉,我只能求救于您,希望您能救救我。

您的读者:雪落

宝贝,你好。

我曾认识一个女孩,她也是在乡下长大的。她家很穷,她考上城里高中的时候,一度为学费发愁,幸好邻居们仗义,这个给五块,那个给十块,母亲又卖掉一只羊,这才凑足了她的学费。她脚上穿着母亲纳的土布鞋,身上穿着姐姐穿旧的衣裳,背着母亲用花头巾缝的书包,就这样进了城。中午,城里的孩子菜品里有素有荤,她常连素菜都舍不得吃,用酱油拌饭将就着。有调皮的城里男生,也嘲笑过她是乡巴佬、泥腿子。她昂首笑着接话:

对，我就是乡巴佬，我就是泥腿子，我知道水稻是怎么长出来的，你们知道吗？我知道玉米开花是黄的还是绿的，你们知道吗？我知道小麦灌浆是什么时候，你们知道吗？你们嘴里吃的粮食，哪一粒不是从土里面长出来的？乡巴佬和泥腿子是你们的祖宗！她的话掷地有声。怼得那些男生哑口无言。

她也有过自卑，当她面对英语的时候。她的小学和初中都是在乡下念的，那时乡下教学极度不重视英语，英语课根本没好好上过。上高中后，第一次考英语，一百分的卷子她考了十二分。嗯，还是蒙对的。事实上，卷子上的东西她都看不懂。当英语老师把卷子塞给她，眼神怪异地看着她时，她很尴尬很难过。但也只是难过了一小会儿，她实在没有时间陷在难过中。她想到母亲种地，再难垦的荒地，母亲也不放弃，一锹一锄，锲而不舍，最后也长出了庄稼。她决心从头开始，"一锹一锄"，开垦摆在她跟前的英语这块荒地。早上，她比别的同学要早起一小时，晚上，她比别的同学要晚睡一两个小时，加上所有的课余时间，她都拿来"开垦"了。她的英语成绩直线上升，到高考时，考了全年级第一，被一所重点院校提前录取。

宝贝，有些东西不是咱能选择的，比如相貌、比如家庭、比如出生，这个根本没必要拿去跟人比较，每个人都独独拥有属于他的那一份。然有些东西却掌握在我们自己手中，比如你怎么来消费属于你的每一天，比如你以什么眼光看世界、以什么心态对待生活中遇到的挫折和打击。我前面跟你讲到的那个女孩，如果她一味沉沦在自卑和自我否定中，自怨自艾，白白浪费属于她的一天天，其结果会如何呢？

父母闹离婚这种现象并不鲜见，且这事儿也不是你造成的，你难过可以有，但自卑大可不必。你是你，父母是父母，各有各的世界呢。你还是快快拿起你的"铁锹"和"锄头"吧，耕种好你的"一亩三分地"，让自己的土地上物产丰饶，到时谁还会笑话你？一个人只有自身强大和丰富了，才能让他人闭嘴。

你的朋友：梅子老师

你当像鸟飞往你的山

梅子老师

　　您好：

　　怎么跟您说好呢？我现在好累啊，我不想上学。也许是想上学的，我希望自己可以变好。在学校上课我会控制不住对自己提出一个又一个的要求，身边的人都说只要你去上学就行了。难道只有我觉得这是对我的极大的不负责任吗？我不想随随便便念高中，我一直说我想休学。与其说我想休学，不如说我看不惯全世界都不允许我休学的态度。大家都觉得这个年纪的人就应该上学。其实我真的并没有他们眼中所想的那么渴望休学，我当然知道我现在这个班很好，老师很好，同学也很好。我也知道明年再次融入一个新班级我会崩溃。明年六月看到大家都高考结束在狂欢而我才开始高三我也会崩溃。

　　您可以说我太脆弱。是的，我经常崩溃。但是我已经尽量控制自己的负面情绪不要影响到别人。我知道想要的越多就越焦虑。可是我放不下对自己的要求，我想要变好。高二开始我就一直在告诉爸妈我想学托福我想学雅思，我很想出国。我看不惯我所处在这个环境的教育。天知道我又哭又闹，又讲理又讲情地说服这个说服那个同意我出国的时候，我有多激动。这个激动维持了两天多，再怎样美好的幻想在现实面前不堪一击。最后是因为经济问题谈崩的。谁会理解呢，好不容易抓住的一线希望被寄予希望的人亲手打破的感觉？谁会知道呢，我一个人想哭但是告诉自己哭了没用，到最后憋到脑仁疼的感觉？

　　我也很痛恨为什么自己出生在一个这样我不满意的家庭，我不知道这个世界上会不会还有人和我一样，对父亲的态度是憎恶的。我恨他，不仅是因为他初一的某一个晚上一巴掌"呼"在我后脑勺上，我晕过去了还尿失禁，还是因为他对钱的斤斤计较。我头一次听说，他拒绝离婚是因为觉得我妈在骗他钱。怎么说呢，我对婚姻的理解是始于爱情。时间长了没有爱情但是会和颜悦色搭伙过日子。父母的一次次吵架，我该向谁说呢？别人会不会觉得我太多愁善感了。长辈们无一例外地说，爸妈的事情不要我管。怎么可能不管我请问，房门之外两个人吵架骂得有多难听你们不知道，你们不知道他们微信上长篇大论对互相的指责，你们也不知道他们每一次电话都是不欢而散。我请问离婚都是这么烦呢，还是我投胎比较巧妙，活在这个家？就像在拍电视剧。累！可是去了学校我就轻松了吗？无稽之谈。高中没有谁是轻松的。

　　如果现在出国对我来说行不通，我就只有一条高考的路。我想通过这条路干什么呢？或许我还没有明确的职业规划。但是我知道，我要通过高考考一个好大学，然后出国念研究生，回来赚好多好多钱，让我爹知道我和我娘家不是靠他才能活。让所有人看得起我，而不是带着关怀抑郁症患者的同情待我。我很烦抑郁症这个名号。我爹不止一次说我在国内都会抑郁，所以他不敢让我出国。我也很感激抑郁症这个名号。是的，我因为这三个字请了好多好多假，让我像只鸵鸟躲在自己的被窝。

也许我天生就不一样吧。也许吧。好讨厌现在的自己，真的。想死但是不敢死，总觉得朋友们说的生活很美好，也许过了这一个阶段就好了。可是这一个阶段什么时候是个头呢？我不知道。我讨厌每天晚上三点钟还在失眠的感觉。讨厌早上六点多闹钟响了但是我才睡着的感觉。讨厌我起不来很晕想吐的感觉。更讨厌我想请假的时候要和我妈吵架的感觉。讨厌同桌或者一些跟我不熟的人问我怎么家长这么好说话帮我请假的感觉。讨厌在学校听不懂数学课的感觉。讨厌晚自习大家在讨论问题答案但是我什么都听不懂的感觉。讨厌爸妈吵架的感觉。更讨厌他们在打电话，然后把我身上出的问题往对方身上甩来回踢皮球，我还要趴着墙角提防他们吵起来的感觉。讨厌外公外婆舅舅阿姨们还有姨婆们苦口婆心劝我上学的感觉。对啊，他们是为了我好，可是我怎么可能不为自己好？我还讨厌这种歇在家里无所事事，歇得越来越累有极大的负罪感的感觉。也许你会问，那我为什么不去学校呢。你知道吗，我去学校之后，会控制不住问自己为什么之前请了那么多假，跟都跟不上，会恨自己低人一截，会讨厌自己默写的失误和题目的正确率不高。如果不休学，是的，我的时间很少了，我很难保证自己高考完的人生是什么样的。还有呢，我讨厌身边所有人对我好的感觉。也不是讨厌吧，只是认为自己配不上大家对我的好。我讨厌每天早上都在吃抑郁症药的感觉，就像有个声音时时刻刻提醒自己是个精神病患者。或许你会让我多看点开心的事情，可是我也讨厌看到霉霉的演唱会。想要好好学习，然后去美国看演唱会。这个希望很渺茫。

我不知道不知不觉写了多久，我只知道刚刚外婆给我打电话问我为什么不去吃晚饭，我好不容易搪塞过去。然后被我妈批，说我伤透了所有人的心。如果心有形状，谁来看看我的是不是千疮百孔。对啊，我晚上睡不着，上午补觉，中午我妈烧了一碗面给我。荒面，除了面什么都没有，表达她对我不去学校的愤怒。我说我想一个人在家静一静，也许我会睡睡觉，也许我会看看数学网课，接着就爆发了争吵。她说我赶她出家门。我说我没有。她说她在家不影响我。可是这种喘不上气的氛围，互不对付的磁场，我真的很难过。她嫌我不上学生活混乱对她态度不好，我呢，很想被所有人正常对待。也许很搞笑，因为我可能不属于正常人，两顿没吃几十个晚上没睡好，于我，好像已经没什么感觉了。其实是饿的，但是我点外卖又算什么呢？我已经想到了点回来会被不理解地问候的场景了：为什么不去外婆家吃饭呢？去了肯定是不下二十遍的，为什么今天又没去？明天会不会去？哎，小佬喔，你真难办啊，你要拖累死人啊。每次这种时候我都会后悔上一次自己没有冲动点一刀下去，可是我也怕，怕我爹知道我死后把责任怪在我妈头上，然后外公外婆急出病来。我已经对不起他们了，我无法想象我死的后果。还有，如果被救了呢，落得一个自杀未遂的名号。然后就彻底不一样了，我会疯掉的。

好好玩啊，我居然想死还会想后果。好累啊，居然写了半个多小时了。可是写下来又有什么用呢？我好像又浪费了一天。有没有人会懂我呢？这篇文章我会给谁看呢？对了梅子老师，我发给您看了。如果您看到这里，我要谢谢您，真的，我不知道怎么感谢您听我吧啦了这么多。曾经我喜欢过您写的书哎，想对您说声对不起，通篇的负面情绪，肯定会影响您。最后，好吧，没有最后了，外婆好像给我妈打电话问我为什么不去吃饭了。感觉她们有点生气，反正音量很高。我好没用啊，我干什么呢，活成了自己最讨厌的样子！

我就是想找个人说说话，如果梅子老师没空的话，不回我也没关系的啦。

再见！

您的读者

亲爱的宝贝，你好。

安安静静"听"你诉说完你的故事，我只有一个感觉，就是心疼。真是心疼，来，宝贝，你什么话也不要说了，让我抱抱你。如果想哭，也没关系，你就尽情地哭出来吧。允许自己任性一回，允许自己放过自己，就做一个"不求上进"的孩子，平凡一点也没什么不好，只要能做自己的主人就好。

有一本书不知你读过没有，书名叫《你当像鸟飞往你的山》。是一个叫塔拉·韦斯特弗的女人写的自传体小说。我偶尔碰见，非常震撼，几乎一口气把它读完。

塔拉出生在美国爱达荷州的一座大山里，上面有五个哥哥和一个姐姐，她是家里最小的孩子。她的父亲是个极端的摩门教教徒，患有双相情感障碍，保守又偏执。母亲被父亲彻底掌控着，从身体到精神，一切唯父亲马首是瞻。父亲不允许他们几个孩子走出家门，更不会送他们去读书，他认为学校会让人"变蠢"，医院则"不被上帝喜欢"，政府呢就是个魔鬼，一直在想方设法消灭他们。他预言，不久的将来，世界末日就要降临。每日里，他带领一家人忙忙碌碌，为世界末日的到来储备大量物资。

从七岁起，塔拉就到父亲经营的垃圾废料厂帮忙，那些废铜烂铁常使她受伤流血，父亲对此态度漠然。有一回，塔拉的扁桃体发炎，她痛苦得恨不得立马死去，父亲的治疗方法是，让她每天张着嘴巴，站在烈日下暴晒半小时。塔拉照办着，没觉得这有什么不正常。

塔拉的哥哥肖恩是个暴力狂，常常虐待塔拉，对塔拉言语羞辱、拳打脚踢。有一次，塔拉因为在观剧时对一个男生说了两句话，被肖恩看到，事后，肖恩抓起睡梦中的塔拉，扼住她的喉咙，把她从床上拖到地上，狂暴地摇晃着她的头，大骂她是贱人。更离谱的一次，气急败坏的肖恩把塔拉的头按进马桶里。对此，塔拉的父母并不加以阻拦，而是听之任之。

十七岁之前，塔拉的人生陷在这团糟糕的家庭关系中，她的身心皆受到严重创伤。对此，她已麻木。她从未接受过真正的教育，除了母亲教她认了些字，读些摩门教教义的读物外，她没读过一本像样的书籍。她不知道外面的天地有多大，外面的人还有别样的活法，她以为像她这样的女孩子，长大后就是嫁个男人，一辈子待在厨房里。

幸好另一个哥哥泰勒，给塔拉黑暗的世界注入一点光亮，她借着这点光亮，慢慢从那黑洞一般幽深无尽的世界里爬了出来。泰勒是这个家庭里的异类，他敢于反抗父亲，在帮父亲干活的同时，争取到自学的权利，最终考上大学，斗志昂扬地走出大山。泰勒同情这个小妹，在这个家庭里，唯这个小妹和他有共同话语，在某种程度上，他们是一类人。在泰勒的鼓励下，十七岁的塔拉决定读书，开始走上艰难万分险象环生的自学之路，一路之上受到家庭的阻挠自不必说，还有来自现实的打击——经济条件的限制，以及对于书本学习这件事，她是零基础。塔拉"过五关、斩六将"，两年之后，她考上大学，离开了大山里"囚禁"她的那个家。

这之后的路塔拉走得也并不顺畅，因她隔绝外面世界十八九年，想要融入这个世界，想要被世人接受，这都需要个过程。在这个过程中，她所遇困扰和坎坷若干，差点放弃。这个时候，是教育给了她勇气和展现生命的无限可能，她苦读钻研，上下求索，几年后，把自己送进了剑桥大学，并取得奖学金，去哈佛大学访学。她的路越走越宽广，与原生家庭也越来越远，家人们纷纷指责她是家庭的背叛者，是破坏家庭的原罪者和有问题的人，这一度导致她精神失常。哥哥泰勒拉了她一把，她"上岸"后，主动去做了心理咨询服务，逐步回归到正常的学习和生活中。最终，她获得剑桥大学博士学位，涅槃成功，像鸟一样飞往了属于她的山。

宝贝，世上之人各有各的苦，少有人没有历经过至暗时刻。不同的是，有的人因此沉沦，路越走越窄，容身都难了；有的人却奋发向上，路越走越宽，成为一道光。怎么把路走下去，选择权其实一直在我们自己手里。当此路不通，我们可以选择走彼路呀，绕道而行，最后也能到达我们想要到达的终点，只不过多费点时间和精力罢了。那又有什么关系呢，在绕道的路上，我们可能会收获到大把大把意想不到的好风景。比如你，眼下不能出国留学，那咱暂时就不出国好了，留在国内积蓄能量——扎实自己的功底，锻造自己的筋骨，等时机成熟了再出国也不迟啊。天地很宽，等你有足够能力了，你可以把万水千山都踏遍。

宝贝，你也有你的山。我相信，聪明的你，一定会像鸟一样，飞往属于你的那座山。

眼下你要做的事是，好好吃饭，好好睡觉。等养好身体，养饱精神，咱再重新出发吧。

你的朋友：梅子老师

备注：此信发出，约莫一个月后，收到这个孩子的回信。回信简短，仅两行字，却让我读得眉开眼笑：

"谢谢老师，读信如晤面，亲切之情，温柔之意，终生难忘。

"您说的这本书我已反复阅读咀嚼。我都不好意思再抱怨什么了。放心吧老师，我已重新出发。"

一只瓢虫的启示

梅子老师

　　您好：

　　我今年十八岁，是名高三的学生，因为看了您的书，喜欢上了您的文字。

　　我今年是要考大学的，但考学压力很大，因为我是名职高的学生，普高尚且压力大，又何况职高呢？但我没有办法，为了爸妈的期待，为了自己未来的前途，我只有选择前行。

　　但是我有弱科：数学。我不知道怎样去弥补它。我现在只要一想到我将来会有可能因为数学考不上大学，就会很慌张。但我也知道，我现在只能努力弥补。因为是职高，学习氛围肯定不行，我为了学习把自己完全封闭，告诉自己我不能玩，玩了就全完了。但我想要朋友。我本身性格内向，如果将来我的学习上不去就太崩溃了。

　　好了，我说的就是这些，我也不知道自己在迷惘啥，就是感觉整天浑浑噩噩的。

您的读者

宝贝，你好。

我想跟你说说一只瓢虫。

这只瓢虫是从哪里来的呢？我不知道。我发现它时，它正在我的窗台上左冲右突，样子显得既笨拙，又天真。它许是因我大开了窗户，被我室内的海棠花媚惑了，一头撞进来。又许是跟着我新买的吊兰进来的。等它发现它只能囿于一室时，它不甘了，它的梦想，是在外面广阔的天地间。

我故意把所有的门窗关紧，我想试试，一只瓢虫，它怎么解救自己。

这只瓢虫，它很清楚它的处境，它不时撞上窗玻璃，撞上墙壁，发出轻微的剥剥之声，而后重重地摔落下来。但它还是一刻不停留地，爬呀爬，飞呀飞，锲而不舍。

晌午我去看，它在奋斗。下午我去看，它还在奋斗。晚上我再去看，它不见了。小屋的门窗还是紧闭着，我到处找，也没找着。后来，我发现墙上装空调的地方，留有一丝缝隙，它应该是从那里，回到了它的广阔天地里去了。

宝贝，你现在，也是被囿于一个小天地的瓢虫呢，你渴望"外面的广阔天地"，想要冲出去，但你又极度自卑着，为自己找着种种借口逃避。只是这世上，哪有那么多落地的桃子等着你去捡？要吃桃子，须得自己上树去摘。要飞往更高的天空，你得自己学会飞翔才行。且要有坚定的信念、持之以恒的精神。

我跟你提到的这只瓢虫，假使它认命了，不再作任何努力，只浑浑噩噩地消费着时光，那么，它再也不可能见到高远的天和广阔的地了，它只能困死于一室之中。

　　宝贝，不要再给自己找任何理由让自己懈怠，好年华是经不起浪费的，过着过着，也就没了。所以，在任何时候任何情况下，你都不要轻易向命运妥协。哪怕只有一线希望，咱也要努力争取。向命运妥协的结局只有一个，那就是，束手就擒，被时光的风沙埋没。而努力的人生，时时会有光亮划过。即便你努力之后没有达到理想中的目标，但努力的过程，那些踏踏实实的日日夜夜，本身就散发出光芒。

你的朋友：梅子老师

第四辑　每一朵云，都自有它的去向

　　窗外的云，飘扬如帆。每一朵云，都自有它的去向。

　　我们人，又何尝不是如此呢？每个人都自有归处的。

爱人者，人恒爱之

梅子老师：

　　您好！

　　我是您的一位读者，非常喜欢您的作品。初中的时候我读了您的《风会记得一朵花的香》，文字温柔细腻，我很喜欢，也经常摘抄。

　　我很冒昧地跟您写这封信，因为我最近遇到了一些让我非常抑郁的事情，希望能得到您的回复。

　　记得中考前，我也给您写过一封信，我说我快中考了，很惶恐。您迅速回复我了，说：宝贝，别怕，果子熟了自然会掉下来，不管是大果子还是小果子，总之是收获咱们自己亲手种植的，一切顺其自然就好。您在最后还祝我中考顺利，给了我很大的鼓励。遗憾的是，我并没有考到自己理想的学校，只考上最差的普通高中。

　　现在，我已经开学两个星期了，每天都很难过。高中第一次住校，我真的不想住校。我讨厌学校，班里女生并且是和我同寝室的总是议论我，因为我的视力问题她们就议论纷纷的。还有我后面的人交作业要我传，我不传，又被她们骂。前几天去食堂买早饭，买完发现没啥空桌子了，就走几米找了张桌子坐，有人已坐在那儿，我默默坐下，低头吃饭。结果呢听到一个人说：哎呀吃个饭而已嘛。另个人一脸抱怨地说：那她可以去别的地方吃啊。我没有听到前面她们说的什么，这两句比较大声，我听到了，心里很不是滋味，也很难过。

还有寝室打扫卫生，我有洁癖，我不想倒垃圾，寝室长（也是之前议论我各种事情的那一个）却偏偏让我倒，我一连倒了好几天她还让倒。我说我不是扫地吗，她说地没什么好扫的，你和我们都是一个寝室的，为寝室做点贡献不行吗？另外的女生也帮腔说：哎呀洁癖干吗啊，拿张纸包着不就好了，好简单的事。我沉默了好几分钟，她们都用异样的眼光看着我，无奈之下我只好又去倒了。梅子老师，您会不会觉得我错了，可是我真的有洁癖。寝室垃圾桶里每天都会有很多垃圾，都是她们吃零食和各种东西产生的，她们制造那么多垃圾却要我来倒，我想凭什么呀，我都没有怎么扔垃圾到桶里，她们扔那么多。因为我不愿意倒就不断地讽刺我挖苦我。

我受不了了，我本来就很抑郁的，每天很少笑，我讨厌学校的人和事。我分在好班，但是我很不起眼，没有老师喜欢，老师喜欢班委会的那些人。我在学校经常被人议论讽刺挖苦，也没有人愿意听我倾诉，我真的要崩溃了。

我性格内向孤僻，也不敢表达自己的想法，不敢去和自己讨厌的事情争论，很吃亏。我和我网上认识几个月的人说，羡慕他上班。他说上班很累，我也才知道他工资很低，他没考上高中才到社会上上班的，他才十七岁。可是，我觉得，活着就应该做自己想做的事情，自己开心最重要。在学校我不开心，也没和父母说，是怕他们担心。我不想去学校哎，真的很煎熬。我初中被班里女生骂了好久，初中三年经常被骂，还有其他人也骂我，本以为熬过三年可以解脱了，结果又陷入无尽的深渊。

高中班里没人和我说话，我不在乎，但我难过的时候，觉得很孤独，我想我的朋友。我从小到大只有这一个朋友，认识九年了，她很理解我尊重我，但是高中我们不在一个学校，现在也少有联系了。我每天都哭。我受到各种别人的讽刺挖苦辱骂，感受到了冷漠，可我只能默默承受着，我甚至有点想轻生了。但我告诉自己，要挺过去，世界上还有重要的人美好的事。

我的高中生活很黑暗，我坚持不下去了，我真的崩溃了。和初中老师说了很多，老师只是回了简短的一行话：想开点就好了。

我感觉我有抑郁症。我之前认识一个人，她一开始安慰我，认识几年了才和我说我太负能量了，不想和我做朋友了，说我把负面情绪带给她。她很讨厌。我和她倾诉了好多次，她表面安慰我，其实早就反感我了，但她不说，就很怪我。我并不是和她一直倾诉，我也送她东西，给她画画，讨厌我还和我做了好几年朋友，我觉得她好虚伪，讨厌我还表面要装着和我是朋友。

我很难过，告诉我认识九年的朋友，也是我现在唯一的朋友，她的安慰像是一束光照亮了我黑暗的世界，她说不用内疚，这很正常，她说她自己有时候也会有负面情绪，这很正常的。

很多人都讨厌我，只有我的朋友理解我安慰我，可是现在和她没有联系了。这封信到这儿也写好了，时间过得好快，居然过去快一个小时了。生命好短暂啊，可我很郁闷，那么多时光就这样过去也太可惜了。可我不知道该怎么办，我情绪太低落了。

最后，祝您平安喜乐！

您的读者

宝贝，你好。

这会儿你的心情怎么样了？我希望是美丽的。因为啊，你正青春。所有的青春，都是美丽的。

考上普通高中的确令人有点遗憾，但既已成事实，你也就没必要再耿耿于怀了。哪里的课堂不培养人呢？咱就安安心心待在普通高中里，扎下根来，抽枝、长叶、开花、结果，只要咱付出足够的努力，最后一样能获得丰收。

刚开始住校你不习惯，这是正常反应。这种反应在别的同学身上应该也有，他们和你一样，都是第一次离家在外单独住宿，难免会有陌生感和不适应感。时间长了，也就好了。等你以后进入大学，走上社会，你将越来越多的离家独处。所以，咱还得感谢现在住校呢，它对你是个锻炼，迈出了你"独立"的第一步。宝贝，尝试接纳吧，调整好自己的情绪，让自己融入进去，包容，然后，爱上。

你说同学们总是议论你、骂你，初中是如此，到了高中亦如此。这是不是你过于敏感了？你有没有好好想过，你身上到底有什么值得同学们议论和打击的？在这个几乎人人一副眼镜的年代，视力问题根本不算个问题。你的同学会因这个议论你？好吧好吧，就算他们是因你的视力奇怪而议论你，又能伤你几根毫毛？只要你没有做有违良心的事，他们想议论，尽管让他们议论去好了，浪费的可是他们的口舌和精力，与你有什么相干？

宝贝，与人相交，舒适、轻松最好。没有谁有对你好的义务。人家对你好，你感激。人家不对你好，你也不必介怀。人与人相处，都讲究一个叫缘分的东西。合得来的，会伴着走一程，就像和你相处了九年的那个朋友。合不来的，走一小段路之后，必会分道扬镳。这不关乎谁对谁错。

同学之间也无什么大事发生，左不过是吃饭、睡觉、听课、写作业这一些，他们要求你做的，也无非是一些小事，你轻易就能做到，何不顺水推舟地做了？没必要斤斤计较呢。孟子说，爱人者，人恒爱之；敬人者，人恒敬之。这是千古真理。当你帮了别人，别人回报给你的，绝对不会是冷眼，不会是怨恨。宝贝，试试先送别人微笑先送别人善意吧，看看结果又会怎样。当后面的同学再要求你帮她们传一下作业本，你就高高兴兴帮着传了。当宿舍里的垃圾桶装满了，你多倒两次也无所谓啊，就当自己是天使呗，来拯救这脏乱差的人间。宝贝，当你随和一些，大度一些，曾经困扰你的人际关系，将会变得很好处理，虽不至于所有人都喜欢你，但至少能吸引到一部分人走近你。当你带给别人善意时，别人回报你的，也必是善意。

所以宝贝，并没有那么多人讨厌你，只是你自己在讨厌自己罢了。你也知道生命很短暂，浪费了这么多的时间很可惜，那你何不就此罢手，把心里装的"垃圾"也彻底清理一遍，对一切释怀？当你"原谅"了所有不快乐的人和事，你的世界也就清澈了明媚了。

宝贝，每天送自己一朵微笑吧。青春的微笑，美得天下无敌。

你的朋友：梅子老师

有些人，只适宜留在记忆里

梅子老师：

您好！

我是一名大一新生，也是您的忠实粉丝，我还和您在读者见面会上见过，还拍了照片呢，家里也有好多您亲笔签名的书。我常常感叹于您是一个多么了解少男少女青春心绪的作家，所以斗胆给您写了这封邮件，希望您能帮我答疑解惑，在此致谢。

今年六月份，我刚刚参加完高考，但是没有发挥好，比平时少了几十分，来到了一所自己从未想过的学校，所以大一一上来就开始泡图书馆，一有空就来这儿学习。来的次数多了，加上我位置也固定选择那一个，所以这三个多月对周围的人也有了印象。

一个离我不远的男生，他和我高中时喜欢的人长得很像，从我第一眼关注到他开始，我就被吸引了。虽然我知道我对他的关注，只是因为他让我想起了之前喜欢的人，只是将我对那个人的喜欢投射到了他的身上。但是三个月的相处，我也渐渐被他这个人真正地吸引，他身上也有很多独特的地方，就这样我越发沉沦，深陷其中，暗恋得一发不可收。

但是那个男生已经大四了，他这两天去考研了，前天书都搬走了，座位空了，我的心也空了。我就去吃个午饭的工夫，他人就搬走了，等我回来时人已经离开了，我一下子愣住，对着空位发呆，反应过来时也只是自嘲地笑了一下。我心里特别失落，感到很遗憾地错过了见他的最后一面。前天晚上自己一个人跟傻子一样，偷偷地哭了好久好久。昨天一天都魂不守舍的，走在路上或是在宿舍里，反正到哪里都心里空落落的。在电脑上敲键盘敲着敲着就开始流眼泪，看着原本人声鼎沸的图书馆，一下子人都没了，越想越难受，实在控制不住眼泪，直接就在图书馆泪崩了。

那个男生的宿舍就在我宿舍的对面，而我们又经常一起待在图书馆。其实这三个多月以来，我有很多机会可以和他搭上话，但是我没有，因为我知道大四是他考研备考的关键时期，我不想打扰他。但是现在又很后悔，很遗憾，为什么他已经大四了而我才大一呢？他考完研就要走了，大四下半学期几乎不回学校，为什么我们刚刚遇见，还没开始就已经结束了呢？自从高考录取结果出来以后到现在，六个多月，我从未走出高考的阴影，但是因为这个男生的出现，每天去图书馆看他努力地学习，让我觉得很心安，这就是我为数不多的精神支柱。现在他走了，我感觉我的精神支柱也塌了，现在觉得待在这个学校真的好没意思。

梅子老师，我究竟该怎么做才能走出来啊？真的太痛苦了。

一个迷茫的大学女生

亲爱的好姑娘，你好。

你现在放假了吧？往昔已矣，一个簇新的新年来了，我们也要收收洗洗，拂去旧年的尘埃，做个簇新的人，才与这好日子相配呢。

读你的信让我想起一个尘封的故事。故事发生在多年前的大学校园里，大学是个名不见经传的大学，校园不大，只几幢教学楼和几幢宿舍楼，却有幢很气派的图书楼，被累累花树环抱着。

故事的主人公是个和你一般大的大一女生，她的境况跟你差不多，高考"失利"，无奈进了那所三流大学。她所选学科与专业皆非她本来所想的，但她没有时间懊恼，没有时间沮丧，因为她发现了那幢漂亮的图书楼。她成长于偏僻的乡下，哪里见过一幢楼里全是书啊。她欣喜若狂，本能地想着，只要她认真把书读下去，总会为自己挣得更好的未来。于是乎，她一头扎进书堆里，只要不上课，她都泡在图书楼里。

图书楼辟有专门的阅览室，阅览室的窗外长着高大的广玉兰，终年撑着一身油绿的叶子，那些绿把一扇扇玻璃窗灌满。她爱坐在靠窗的一个位置上，被那些绿映照着，书上的每一个字，都像是刚拱出软土的绿芽芽，她的心里，蓬蓬地生长着一种叫希望的东西。久了，那里几乎成了她的专座，有时她去晚了，那位置也会空着在等她。

一个高年级的男生和她一样，也是阅览室的常客，来了，便坐在她的斜对面，位置也几乎是固定的。久而久之，她与他成了熟悉的陌生人。有一次，她在阅读的间隙，抬起头来，刚好看到男生的侧脸，如希腊的雕像般的。那一刻，她只觉得窗外的绿全都涌进室内来了，绿波荡漾之上，那个男生的脸，好似放光的水晶球，她的心，狂跳不已。

从此也就留了心，在阅读的时候，她总是自觉不自觉地抬头看看那个男生，幻想着那个男生种种的好：为人诚恳，说话动听，成绩优秀，举止优雅……总之，天底下简直没有比他更好的人了。那个男生也许知道她在看他，也许不知道。她不管，只默默地"关注"着。她慢慢知道了他的名字，知道他爱翻些近现代诗之类的书，知道他左手也能龙飞凤舞地写字，知道他是中文系的，知道他爱系条棕色的围巾，有不时捏耳垂的习惯。

然后，有一天，那个男生不见了，他去实习了。她和他，再也没有遇见过。

她度过了一段很是心碎的日子，失魂落魄得很，好似失恋了好似遭到背叛了。某天，她无意中听到同宿舍有个女生提到他的名字，那女生是他的同乡。另一个同乡来找那个女生，她们热烈地谈着他的风流韵事，说他家穷，上大学前就定了一门亲，上大学的钱都是女方给的。可他大学临毕业了，却一脚把女方踹了，另攀了高枝，女方为此自杀，这事儿在他们那儿传得沸沸扬扬。她心惊肉跳，脱口问道：你们说的是中文班的某某某吗？同宿舍女生惊讶地问她：你也认识他？随后那女生笃定地点点头，是了，他是风流才子嘛。

她听到心中有什么东西哗然倒塌，也仅仅是临风对月发了一场呆。第二天，她做回自己，重新扎入书堆中。前方有什么在等着自己谁能说得清呢？她努力走着，总能遇到属于自己的好风景。最后，她真的遇到了，事业有成，婚姻美满，家庭幸福。多年后，她与那个男生碰过一面，那时，她是作为某个行业的专家被请到他所在的小城做指导的，他是接待成员中的一个，油腻又有些滑稽，脸庞胖得像个球，要不是他说出他曾就读的大学和名字，她还真的无法把中年的他，和曾经那个水晶球一般的人联系起来。他得知她和他曾就读同一所大学，非常得意起来，逢人便说，某某某原来和我是大学校友呀。他满嘴流淌着叫人肉麻的奉承话，想单独请她吃饭，她拒绝了。她什么话也没多说，结束了那里的工作，便速速离开了。

亲爱的好姑娘，不是所有的遇见，都有个美好的结局。有些人，只适宜留在记忆里。错过了，那就算了吧，往前走吧，属于你的好风景，等在前面呢。

好姑娘，一个人的精神支柱只能靠自己立出来。若你想成为更好的自己，那就不要消费自己，无端内耗。放下那些虚幻的自找的烦恼吧，踏踏实实地读书，向考研靠拢。或另外寻些自己感兴趣的事做，一点一滴积攒生命中的小美好，把自己找回来。

祝你新年快乐！

你的朋友：梅子老师

结交非贤者，难免生爱憎

梅子老师：

您好！

我最近遇到了一个人际关系上的问题。

我有一个朋友，她的学习成绩非常好，而且坐在我前面，我们经常在一起玩儿。可是我慢慢发现，跟她相处，我每天都很累。

她会经常缠着我。不论是课间还是放学，她总要陪着我一起走，我想独处一会儿都不行。

她说话也开始变硬。打四年级起，就有人一直欺负她。我经常跟她说，要强大一点，才不会被人欺负。但还是有人会骂她。这个学期校运动会期间，我实在不太喜欢她的声音，忍不住对她说了。她很生气，我也意识到了是我的错。第二天我想着去跟她道歉，她又像一个好朋友，似乎已经忘了昨天的事。还有一次，老师让我们看图片分辨，这是哪个季节，我认为是秋天，因为图片中花的颜色已经枯了，老师却觉得我的理由不充分。我后来跟她说：我说的也没错呀。她却说：图中的李白也穿白衣服，我难道可以把他当成诸葛亮啊？听到这句话，我的心情已经不知道怎么形容了。我又说：我说的确实没错啊，你为什么要否定我呢？她却说：你真以为你是公主，全班人都要听你的呀！听到这句话，我已经很生气了，但因为不想跟她计较，我一句话也没说了。运动会拔河比赛的时候，对面的班一个个高大强壮，我们班自然是输了。她说：他们班一个个都好壮啊。我说：唉，但也不能说不公平。她说：我也没说不公平啊！我说：我也没说你说了不公平啊！她却说：是个人都这么理解吧！后面我也不跟她计较了。

她几乎每天都在跟我抱怨。不是抱怨学校里谁又骂她了，就是抱怨家长里短。每次听完这些，我的心情都很烦。我不喜欢她把我当作一个可以随便倒苦水的垃圾桶。这应该就是心理学上的踢猫效应吧！（她可能还认为这是倾诉。）

她还喜欢计较。还拿那次拔河比赛来说吧，对面的班有人骂我们班垃圾，她听了非常生气，一上去就怼。后来对面的班全班人都皱着眉头看着她。我本来觉得这没什么，说就说了，我觉得她太当一回事儿了。之后她又回来跟我骂他们，还说他们在娘胎时肚子里就有坏水。

这个学期，为了避免中午有人骂她，她来到了我午托的地方。我在午托有一个朋友玩得非常好，可她来了之后，她就跟我一直在聊，我和那个朋友的交谈就少了。而且每次讲话她都滔滔不绝，我每次和她说话都欲言又止。

跟这种朋友相处，真的很累。梅子老师，您能帮帮我吗？

您的读者：桐栩

桐栩，你好。

看完你的信，我有一个感觉，你心里对你那个朋友积蓄的几乎全是不满。倘若这个时候你站到一面镜子跟前，镜子里出现的，一定是个满脸怨气的女孩子。你怕是也要吓一跳的。这样的女孩子，不美。

在你列出的一桩桩琐碎中，我看出来了，你的那个朋友很黏你，对你非常信任，在你跟前完全放松，所以她才那么"肆无忌惮"，有什么说什么。她倒是个没什么心眼的孩子。

你不喜欢这个样子的她，直接指出来就是了，就像你当初教她要强大一点才不会被人欺负一样。这更利于她成长吧。然你只是暗戳戳地生着闷气，你其实已不把她当朋友了。既如此，何必还要勉强维持表面的交好？这对她，对你，都不好。你不喜欢她，又不想提醒她，那么远离就是，事情就是这么简单。

结交非贤者，难免生爱憎，古人早就说过这样的话。这世上，真正的贤者能有几人？百分之九十九点九的，都是普普通通的平凡人。人具有独特性、个体性，又具有复杂性、多面性，各有自己的立场，有爱有憎，才是正常。桐栩，我们都并非完人，需要不断精进。可以这么说，我们一生中做的事只有一件，那就是不断完善自身。

与人交往是我们日常生活中做得最为频繁的事。因我们每个人站立的位置不同，看问题的视角就有了差异，以己度人容易，以人观己难。而恰恰是这个"难"，才是我们要历练的。他人身上好的一面，我们要虚心学习。不好的一面，我们要尽量避免。多些宽容、谅解，少些怨憎、指责，天地方才开阔，友情才能长久。

懂得如何交友，也是我们完成自身修炼的一个途径。

祝你愉快。

你的朋友：梅子老师

天上与地上

梅子老师：

　　您好！

　　我是一名初中即将毕业的学生，是个心思有些细腻的男生。你就叫我 loquat 吧，因为我很爱吃枇杷。以前每年枇杷上市，我父亲都给我买好多回来，颗颗果肉饱满，香气四溢。他一颗颗洗净了，用盘子装了放在我的书桌上。

　　唉，不提了，那似乎都是很久以前的事啦，每一提起，就痛彻心扉。

　　还是说说我与您相识的事吧，那是上小学四年级的时候。有一天，我的语文老师向我推荐了您，她让我去读您的书，她说读您的书对我的语文学习很有帮助，会让我学到如何遣词造句，如何立意升华，如何放飞想象。我听了语文老师的话，买了您的一本书，书名叫《风会记得一朵花的香》。起初读的时候不大读得懂，因为那个时候我爱看的是漫画，您的散文与漫画差别很大。但读着读着，我爱上了，我喜欢您笔下的一草一木，喜欢您写的寻常的人和事，读来特别温暖和美好。我发现，读了您的书后，我有些变了，喜欢观察身边的事物，作文也越写越好。我妈挺开心的，买了能买到的所有您写的书，我家的书架上，有两格摆放的全是您的书。我一直想去看看您，无奈路途遥远，您在江苏，我在四川。但我相信，来日方长，总有一天，我会穿过千山万水跑去见您！

我为什么要写这封信给您呢？是因为这几年里，我的生活遭到很大变故。一年前，我的父亲因病突然去世，我和我妈的生活一下子从天堂跌入到泥地里，尝尽人世冷暖。就在我们失去亲人的悲痛尚未抚平之际，亲戚们却跑来争夺家产，其嘴脸丑陋无比，恨不得要把我和我妈净扫出门。之前我父亲经营一家厂子，是从我爷爷手里接下的。当时接手时厂子濒临破产，是我父亲一点一点让它起死回生红红火火起来的（我父亲也许就是那时候积劳过多落下病根）。现在，我爷爷却把我父亲的厂子给了我叔叔，与我和我妈一点关系也没有了。我妈除了哭泣没有别的办法，我真恨自己无能，不能顶天立地。现在，我除了自己默默承担苦楚和迷茫外，找不到安慰，我唯一想到能帮助我的人是您，所以写信给您。梅子老师，您能不能告诉我，一个人曾经生活在天上，可有一天他掉到地上来了，他怎么才能回到天上去？

第一次给您写信，有些前言不搭后语，请您谅解。如果给您带来不快，也请您谅解。谢谢您把这封信看完。谢谢您写出那么多好的作品。祝您健康平安！

您的读者：loquat

loquat，你好。

我曾写过一篇文章《天堂有棵枇杷树》，讲述的是一个患癌症的妈妈的故事。妈妈在得知她行将就木之际，怕四岁的儿子因她离去而哭泣伤心，就对爱吃枇杷的儿子撒了一个谎，说她即将独自前往天堂，给他种枇杷树去，等结出大大的枇杷，全留给他吃。儿子听了很高兴，妈妈走后，他并不十分难过。每年枇杷上市，家人都给他买回枇杷，他很开心地吃下去，幸福地想着，那是妈妈给他种的枇杷。

好孩子，你的父亲也去天堂给你种枇杷了。等枇杷上市，你就当其中的一些，是你父亲特地去为你种的。你吃到枇杷，如同触摸到父亲的体温，这样想着，心里面是不是得了些安慰？生命的消失是件无可奈何的事，但我们可以作这样的设想，它只是换了一种形式存在而已，在你看不见的地方明亮着，在你听不到的地方响应着。

家里亲戚们的无情举动确实叫人无语，你就当是提前给你的人生上了一课——人性复杂，有很多的是经不起撞击的，一撞就粉碎了，让你望见里面的不堪。大千世界，什么样的奇闻怪事丑陋邪恶没有？正因如此，真诚和善良才显得可贵。别人对我们的伤害，从另一方面来说，会促使我们反省和成长。好孩子，不要对人性寄予过高期望，我们自身要变得强大，要守住本心，不做丑陋的人。没有人喜欢劣境，可有时恰恰是劣境更能锻造人，它会激发我们的斗志，让我们变得刚强、锋利。当我们能从暗沉沉的深渊里凿出一条通道来，光明也就来了。

你问我，一个人从天上掉到地上，要怎么才能回到天上去。我也不知道怎么才能回得去。这就像我们的童年，那么无忧无虑，那么纯真烂漫，谁不怀念？可再怀念，我们也回不去了。我想问问你，那个人他干吗要再回到天上去？双脚踩在大地上不好吗？既然他已掉到地上来了，那不如安安心心待在地上，扎根、抽枝、长叶，最终也能博它个繁花似锦。

好孩子，我等着你过千山涉万水地来见我呢。到那时，你一定亭亭如白桦吧？这场景光想想，就很美好。

祝你春天快乐。

你的朋友：梅子老师

每一朵云，都自有它的去向

梅子老师

您好！

我是您的读者，也是您的粉丝，喜欢您的文字，您的文字总给人一种温暖和治愈的感觉，清新优美且全无清冷，有似儒家积极入世的态度。您所追求的诗意的美好的生活，也正是我向往却望尘莫及的，至少现在是。

之前给您写过一次信，谢谢您当时的鼓励，给了我一些方向和力量。时间过得有点久了，我再介绍一下我自己吧，我是中医医史文献专业的硕士研究生，今年六月份就应该毕业了，这段时间一直忙着边写毕业论文边找工作，感觉就是好难啊。我想要找一个离家近又稳定的工作，报了省考，没准备得充分，结果笔试没过。

这两天，我还去了一个地方参加一个公立大专的招聘考试，我其实也没咋准备，心没有全部扑在上面，因为要写毕业论文。

本来以为笔试都过不了的，我还打算去小旅行一下再说，结果当天考完晚上六点告诉我笔试竟然过了，还是第二名，旅行计划被迫取消了。吃完晚饭，我就开始准备第二天的面试了。我当时的心情是又惊喜又紧张，我自小就是一个小镇做题家，相比于笔试，我并不擅长面试，关键是我也不知道考什么，以为会让自我介绍。我想着一定不能卡壳，准备了一个晚上的自我介绍，准备得差不多的时候已经是晚上十二点多了，匆忙在网上查了一下面试这个岗位的题目，大概思考了一下，简单洗漱了一下凌晨一点才睡。睡的时候我也不太睡得着，就想着要是能考上就好了。第二天六点就起来了，七点多到考场，资格审核后我们开始抽签，我抽了号。我们一共就十六个人，而且被告知考试方式是回答三道题而且不能透露个人姓名，五分钟候考室思考，十分钟答题。当时我其实也不紧张，因为我就是觉得应该也还好，之前参加过教师资格证面试，觉得应该都那样，最重要的是不能慌。可是等我进了面试的房间，看到一屋子的考官，再加上我太想面试成功了，我就莫名慌起来了，看着白纸上自己简单罗列的几点，我感觉自己说话都不利索了，脑子里也想不出来那么多，就简单地把自己的想法说了一下，整个人特别紧张，考完之后我知道自己肯定没有过。

考完已经是十二点了，因为这时候房间退了，外面又下着雨，我就在奶茶店点了杯奶茶，顺便吃了考点送的盒饭。我把我没有过面试的消息发给我的相亲对象，下午一点发的，我就想和他说说话，让自己开心一点。坐着等他消息，因为休息得少，我太累了，又特别期待他的消息，时不时盯着手机，可他就是不回。等不来他的消息，我下午两点左右就坐公交回车站了，一路上又累又冷。等我下了高铁坐了公交快到家的时候，他才回我，那时候已经是五点了，他就冷冷地回复说他今天见导师了，也在找工作。和他相亲差不多个把月了，一直都是我在主动发消息给他，而且经常是两个小时以上他才回我。我本来这次已经下定决心想问问他到底是性格原因还是不想和我聊，但我当时已经不想问了，我的热情全部被他耗没了，我没有再回复他，想着结束这段关系。

我和他认识起因是他爸，他爸是公交车司机，我们偶然认识，多说了几句话。我是通过他爸加了他微信，他当时还没给通过，后来才通过的。加上后我们见了一面，看了电影，吃了饭，当时对他的印象还可以。让我印象深刻的是，他当时说他没有感染过新冠，不敢跑太远，家里还有爷爷奶奶，怕传染给老人，我觉得他还挺孝顺的。想着我们家离得挺近的，他又和我一样是硕士即将毕业，还会做饭。虽然外表并不是我喜欢的类型，但我今年也二十八岁了，已经过了看感觉、爱幻想的年纪，觉得条件合适可以和他多发展。但每次都是我觍着脸找他，他一般都过挺久才回我。约了他看电影，他说有事改天。他家人都说他腼腆、不善言辞，可是忽略了我也是很内敛的女孩子啊，每次鼓起勇气找他，等他回复的心情从期待到灰心，直到他回复我，我的心情又被点亮。不管他回什么，只要不是嗯啊哦之类的，他回复我之后我就很开心，全然忘了等他的难受。然后好了伤疤忘了痛，隔了一天又去找他，因为我觉得条件都合适，不想放弃。但这次我实在是太累了，身心俱疲，这段关系除了浪费我时间带给我痛苦外看不到什么希望，所以我决定以后不再找他，除非他找我，到时候再说吧，但我感觉他不会找我。

梅子老师，我是一个特别没有安全感的女孩子，我渴望被人宠爱，也特别想要拥有一个可以信赖的伴侣，我也向往像您一样拥有甜蜜的婚姻生活。但我相貌普通，性格又内向，年龄也大了，您说我能找到好的伴侣吗？总之就是觉得事业、爱情都没有进展，想要的都得不到，挫败感太强了，感觉人生好难。这两天还跟爸妈发脾气了，今天刷了一天的手机，听了一天的歌，心情也没能好起来，我能想到的就是给您写信。

吧啦吧啦说了一大堆废话，谢谢您看到这里，其实写出来我的心情也好一些了。不管您回不回复，我都爱您！祝您身体健康，幸福快乐每一天，带给我们更多作品！

您忠实的读者

亲爱的好姑娘，你好。

再次收到你的信，挺欣慰的。在你遇到困顿的时候，想到的人是我，我很感动。这是基于绝对的信任吧。谢谢你对我的这份信任。

现在你的心情可好？笑一笑吧，世界多美好。

你看，窗外的云，飘扬如帆。每一朵云，都自有它的去向。我们人，又何尝不是如此呢？每个人都自有归处的。不急，不急，不是你的，不去强求和惋惜，你要等的，是真正属于你的那一些，该来的总归要来的。

你大学攻读的竟是中医医史方面的知识？真不简单呢。许是隔着一段距离的缘故吧，中医对我来说，很神圣。一听到"中医"二字，我脑子里立即蹦出位穿着白袍子的老中医，仙风道骨，他身后的厨架上，摆着若干暗沉沉的绛红的抽屉，里面装着中草药。它们的名字随便拎一个出来都很惊艳，比如白芷，比如秋桑，比如佩兰，比如青黛，比如紫芙，比如泽兰，比如半夏……光念念，就无限美好。就像一些温柔素静的好女子，穿梭在药香弥漫的格子间里，她们都怀着一颗救死扶伤的心。

你定认识这些草药吧？真好。我似乎都闻到你身上的草药香了。一个被草药香浸过的女孩子，身上有着别人没有的气质，掌握着别人没有掌握或没办法掌握的知识，你又有什么值得妄自菲薄的？貌相天定，这个咱没办法掌控，但咱可以掌控自己的表情和内心啊。多微笑，用淡定用从容，用知识用素养给自己镀一层瓷质之光，温润绵长，你定会遇到懂得你欣赏你的人的，最终活出你的美满来。

你说的那个男孩子并不适合你，你放手，也许是个不错的选择呢。是块石头就是块石头，哪怕它再俊俏再令你心动，也只是块石头，焐不热的。二十八岁正是人生丰美之际，这么美好的年纪，哪里就成了"残羹冷炙"叫你灰心了？俗话不是说孬的不去好的不来嘛，放弃一棵树，说不定会遇到一片森林呢。好姑娘，你这么好，该拥有更好的，别为难自己。

对于找工作这件事，咱也不用急，现在整个大环境都如此。你已经做得很好了，还未研究生毕业参加省考，笔试一考就过了。参加地方考，也能轻松就拿下第二名的好成绩。这都是很了不得的事情。这么聪明的你，还担心什么呢！工作总会有的，只是看你选择的方向是什么罢了。能不能不去求过分的"稳定",而是循着你的专业找份工作呢?做自己热爱或擅长的事,更能激发人的潜能,从中找到诸多乐趣和成就感,好过找份"固定的工作",日复一日重复机械地生活。

愿你每天笑靥如花!

你的朋友:梅子老师

读万卷书，行万里路

梅子老师：

这是写给你的第六封信。

我已经是一个大三的学生。

现在正是初秋。我好像分外地喜欢秋天这个季节，也许是喜欢那种叶落归根的感觉吧。

小时候跟着爷爷奶奶去山里面捡拾树叶当柴烧。是那种大片的梧桐叶。我喜欢捧着满把叶子扬向天空，假装下雨。我不知道有没有对你提起过这事，我就是分外地喜欢那种感觉。那应该是独属于我自己的珍贵回忆。

很喜欢在秋天里去爬山，和朋友一起，去看很多落叶。不过今年不太可能了，大三了，好多同学都在为毕业的事做着打算，有准备考研的，有准备考编的，有准备出国的……总之，每个人一下子都忙起来慌张起来。我也假装很忙，每天把自己丢进一堆事情中，也不知在忙些啥，全没头绪。在给你写信的时候，却突然安静下来，这感觉真好。

每次给你写信，在我，都好像是一种回忆一种总结，对过去走过来的路，一一在心里作个告别。今天看到新生军训的时候，恍然觉得时间飞逝，一切快如闪电。下半年好像又到了人生的又一个路口，每当到达这个路口总是会很踌躇，下不了很大的决心去做某件事并坚持到底。唉，坚持好像挺难的。上大学以来，就没好好读过多少书，大学读的书还没以前读的多。我知道自己再也没有一颗静心，静心很重要。

　　对了梅子老师，你走过那么多的地方，和所爱的人在一起，肯定很美好吧？不知道我会不会有这么一天，也能这么行走，心向往之。这算一封简单的秋天的信笺吧，记录着一段时期的我。我翻看以前给你写的那些信，很有感触，我在慢慢成长，你还在，我还在写这就挺美好的。给你的下一封信不知道是什么时候，我希望是大雪纷飞的雪天，我看着窗外的雪，窝在暖暖的被窝里，给你慢吞吞写着，窗外是纷飞的雪花。雪是雪国的精灵，作为一位南方的稀客我真的很爱它。

　　梅子老师，我一直追着你的行踪看，知道你的一些事情，我也说不出什么。希望你好好的，我们每个人都要好好的。我觉得我要慢慢找回我失去的心，期待漫天大雪时再给你写信。"雪在掌心会融化为暖暖的水的"，这是你在一篇文章里写的一句话，我一直记忆犹新。

凹凸

亲爱的凹凸，再次收到你的信，我很是欢喜。

一转眼，你都上大三了。我呢，也以肉眼可见的速度在衰老着，今晨对镜梳发时，拔去头上十五根白发。嗯，它们在黑发丛中太晃眼了。时间真的像一只橹摇的船呢，耳听着它吱吱哑哑，吱吱哑哑，就摇过一片水域去了，我们似乎还没在船上站稳。这也没什么可惆怅的，因为我们已行经过"那片水域"，沿途的风光也落入我们眼中不少。就像你现在还记得小时在大山里捡叶子的事，那一场一场的"叶子雨"，就是时间对你的馈赠啊。

好孩子，如果你想去山里看很多的落叶，就去吧。秋天里，有什么事情比看一场落叶更重要的呢？这个秋天是我们人生中唯一的一个秋天，是不可再生不可回返的一个秋天，这个秋天过去了，也就永远过去了，错过这个秋天的落叶，也就意味着我们的人生，少去有意思的一季了。

好孩子，读书就如同爬山，坚持一下，再坚持一下，再再坚持一下，也就能爬到山顶了。站在山顶，我们既可俯瞰脚下，又可瞭望远方，那些我们曾以为高不可攀的山峦，都已到了我们脚下。读书也是如此，每天坚持读一点点，再读一点点，天长日久，你定会爬上一座知识垒起的山峰的。放眼四周，"荡胸生层云"，你有了愉悦，有了从容，有了开阔，有了疏朗，人生因此活出另一番意思。

你问我走过那么多地方，和所爱的人在一起，肯定很美好吧。当然美好。行走是另一种阅读，一路上相遇到的颜色、声音和气味，会成就我们人生的斑斓。好孩子，倘使你要给自己确立一个人生目标，我希望能是这样的："读万卷书，行万里路"。

慢吞吞地书写，真是个不错的体验呢。就像此刻的我，也在慢吞吞给你回信，我一边写一边看着窗外，哎呀，桂花快开了吧；银杏叶子马上要黄了吧；乡下的水稻将被风给刷上浓浓的金粉了吧；还有河堤旁的小雏菊，一朵一朵，被露浸染得更娇丽了吧。一想起这些，我的心就按捺不住，想要欢跳出来，奔到窗外去，奔向那大自然里。

我很喜欢晨读时看到的一句话：仅仅活下去是不够的，你应该还有阳光、自由和一朵可爱的小花。这句话可以无限扩展：仅仅活下去是不够的，你应该还有桂花香、银杏黄、水稻熟、雏菊丽……

秋天多好，我在，你在。

你的朋友：梅子老师

千舸争流

您好，梅子老师！

给您写信比较唐突。

我小学的语文老师很喜欢看您的散文，从五年级开始，他就带着我读您的文章。我觉得您的文章都是些很细小的事物凝聚起来的，却很感人，不知道我的理解对不对。最近我看了您写的两本书：《你不快乐的每一天都不是你的》和《没有人是一座孤岛》。里面有很多比我年纪小，或者是和我母亲差不多大的人，再或者是和我一样年纪的人写信给您，您都一一回信了。您人可真好，那么温柔和耐心。所以我也想找您倾诉一下。求回信了！

这里小小介绍一下我：我呢，是个初三的女生，成绩还是不错的，期中考试考得最好的一门是数学，年级第三名。我的总分排名是第九名，我的语文也考得很好。我虽然成绩不错，但我并不觉得我的真实水平就很好。我周围的人说我太自卑了，可我真的觉得有些地方还没有学懂学透，有时上课的内容根本听不懂。

我现在上的是个加强班，初三就教高中的内容。班上都是聪明的同学，他们的真实水平都比我强，我引以为傲的数学在这个班上，不过垫底而已。我很迷茫，不知道要不要继续待在这个强化班。它太难了，我甚至都学不懂。

我也是一个容易嫉妒的人，很嫉妒很嫉妒比我优秀的人，为什么他们的智商那么高，那么难的题目都能理解呢？是，他们又聪明又努力，可我也很努力呀。可惜……

我还有一个喜欢的男生。他在我们隔壁班。我记得您在给一个读者的回信中提到过，早恋的花苞不能这么早就开，大致意思是这样吧。所以我也明白，我们现在的重心应该放在学习上。我身边有很多女孩子在追自己喜欢的男生，她们称之为勇敢，我觉得这不能说是完全的勇敢，还有一丝丝的鲁莽。在这个青春肆意张扬的年纪，我想我们也应该收敛一下锋芒，学会打磨自己那些小心思所冒出的棱角。我的朋友知道我喜欢这个男生之后，帮我去打听了一下这个男生的情况。这个男生说他喜欢男生。好吧，我知道该放弃的时候就要放弃，把这一份喜欢藏在心里，当作是青春的一份美好回忆与绚烂的经过。您说我这样做对吗？

还有还有啊，我有一个同学，她特别喜欢玩乙游，就是模拟恋爱游戏。她跟我说她喜欢干这个。她不知道她这样做是否是对的，我和她都觉得有些朦胧，她确实是喜欢玩这个游戏。我想替她问一下您，能否把这种喜欢一直喜欢下去呢？

我很喜欢看书，看过很多书。最近一年我很喜欢看网络小说，它的情节很有意思，偶尔也有看上去很惊艳的句子。我的老师说看这样的书不好，他说，无论是对我作文的影响，还是对我思想的影响，我都不适合读这类书。唉，我也不知道如何是好。

偷偷告诉您，我并不是个什么坚韧的人，我有很多想放弃的时候，曾经我也有过轻生的念头。不过好在我很胆小，觉得活着再累还是要比死去好，因为活着就有无限可能。但有一阵子低谷期，我是真的觉得很灰暗，那一阵子成绩不好，再加上我平时朋友虽然多，却没有几个知心的，真的很绝望。那个时候是您的几本散文集，再加上几本小说挽救了我，当时的我就是想着我还有家人在世间，我还有这么多的好书没有看完，怎么能生出这样的念头呢？

还是说说看书的事吧，我是真心喜欢看书，你的书和网络小说，我都喜欢。我妈从小就培养我读书的习惯。但是我身边的人总是极力阻止我去看网络小说，我不知道该怎么办了，我不想放弃这个爱好呀。然而随着学习越来越紧张，我看小说的时间也越来越少，如果我再挤出时间看小说，会对我的学习生活有什么影响，我是真的不知道了。希望您可以为我解答疑惑，谢谢您。

说得比较乱，说得比较杂，占用了您太多时间，感到抱歉。

您的小读者：简

简宝贝，你好。

我顺了顺你信中的问题，大抵是这几件：

之一，自卑总在心里作怪。

之二，容易产生强烈的嫉妒情绪。

之三，暗恋的芽儿冒出来了。嘴上说放下，心里其实挺在意。

之四，在学习与看课外书、特别是看网络小说之间无法取舍。

好，我们首先来谈谈自卑吧。

每个人身上都有自卑的影子在晃荡。这是天生的，没有才奇怪呢。宇宙多浩渺啊，它有着太多不为人知的秘密，人在它跟前算什么？不过一蜉蝣而已。人怎能不自卑？

适当的自卑没有什么不好，它能使人保持低调和谦逊，不至于过于狂妄。但过分自卑就适得其反了，它会使人产生自我否定的情绪。当这种情绪越积越多，人沦陷进去，越来越胆怯，越来越畏首畏尾，不管做什么事，便都很难做到干脆利索了。到那时，哪里还有什么欣喜圆满可言？

我们得赶跑一些自卑，让它无处藏身。你不是说你数学考得不错，语文考得也不错么，总分能在年级排上第九，这是妥妥的学霸啊，你该自信满满才是。退一步吧，就算你不是每次都能得到这样的名次，然只要你还拥有健康的身体、灵敏的大脑、勤勉的性子，你就是人生的大赢家呀。如果上强化班上得很勉强，跟不上老师的进度，让自己感觉很痛苦，那咱就不上那强化班了，回到普通班呗。这就好比一条鱼，它未必要去大海，才能实现畅游的梦想，在河里面它一样可以肆意畅游呀。等它练就一身强健的筋骨，再去大海与风浪搏击也不迟。到那时，它将一点儿也不勉强了，而是游刃有余。宝贝，你与其那么迷茫痛苦，不如回到普通班，跟着自己的节奏走，走出自己的锦绣来。

有嫉妒心，这也挺正常。生命是受欲望支配的，想得到，想占有，想更好……谁没有一点儿嫉妒心呢？这无可厚非。小小的嫉妒，是有一定的激励作用的，它让人不懈怠，奋起直追。然而一"强烈"就变了味了，就走向事物的反面了，它会反噬，会让人产生怨恨情绪，甚至失去理智，做下后悔不已的事，最终害人害己。所以宝贝，控制好自己的情绪，让嫉妒之心少一些，再少一些。把嫉妒变成欣赏可好？欣赏一朵花一样地，欣赏你的那些优秀的同学吧。一花独放不是春，万紫千红才会春满园。而你，也是其中的一朵花呢，一定也有人在默默地欣赏你。

我们每个人的身体里，都藏着光，有的侧重在这里，有的侧重在那里。你认为比你聪明的，可能他们在某些方面就不如你。这就像大自然里的草木，有的以枝干粗壮高大见长，有的则以花朵芬芳取胜，它们都是构成自然美的一部分。

再说说暗恋。少年的暗恋，多像蓓蕾初绽，纯洁而美好。恭喜宝贝，你拥有着这份纯洁这份美好。辗转有，反侧有，欢喜有，疼痛有，这都是"暗恋"时该有的情绪。这个时候，真的不宜勇敢表白，还是妥善藏在心里的好，因为花期未到呀，到它该盛开的时候，它自然会盛开。你前头的路上，将有千舸争流呢。当过尽千帆，你终会登上属于你的那一扁舟的。对的，江河浩远，你要走的路还很长。

喜欢看书真是个好习惯。网络小说我有时也看呢，情节确实迷人。不过呢，咱时间紧着呢，看网络小说的时间长了，学习的时间势必就少了，而你面临着中考，孰轻孰重，聪明的你还不清楚吗？咱就把网络小说当甜点好了，偶尔吃上一两口，既满足了口感之需，又无损健康，多好！

眼下大雪节气了，我们一起期待一场雪吧。想想每年冬天，都有雪可以等待，这人世间真叫人留恋呢。

你的朋友：梅子老师

你是闪闪发光的一颗星

敬爱的梅子老师

　　您好！

　　好久没联系了！您工作顺利吗？有没有好好照顾自己呢？

　　不知道您还记不记得我。我是两年前给您写过信的小蛋挞啊，那时我刚上初中，好多不适应，向您求助，您回复我的话我至今还记得呢，您说，宝贝，努力的人生定会闪闪发光。您还祝我天天开心。我有做到的哦。

　　我现在已是初三下学期了，快中考了。这段时间确实忙得很呢，我也在努力奋斗哦！哥哥的高考已经结束了，听说数学题很难。我恐慌了，数学一向是我的短板，我真怕中考的时候数学题也很难，那到时我该怎么办？最近模拟考试的语文题也变难了，语文一向是我的优势，但模考下来，我的语文成绩没之前那么好了，让我失去信心。英语题型也有很大的改变，我觉得有些糟糕呢。虽然地区模考我的名次能排到一百多名，这个成绩是可以进重点高中。但是确实压力很大，现在竞争这么激烈，在农村上学的我很没有底气。

两三个星期前，我的爷爷去世了，那个时候，学校围墙上的蔷薇花都开了，这么美好的世界再没有我爷爷了。我因在学校上课，没来得及见他最后一面，他也没能看我最后一眼，一辈子的遗憾。对我来说还是有打击的，唉，可我来不及悲伤。

中考已进入倒计时了，梅子老师可以鼓励鼓励我吗？顺便给我一些建议，可以吗？

感谢！

爱您的小读者：小蛋挞

亲爱的小蛋挞，你好。

谢谢可爱的你的体贴，我很好的，一切都顺利着。

嗯，你是这么甜蜜的小蛋挞，想让人不记住也难啊，我当然记得你。

你真是厉害，一个地区参加中考的孩子肯定有好几千吧，你能排到一百多名，这得让多少人羡慕呀。祝贺宝贝！这样的你若是都没有底气，那什么样的人才有底气呢？农村虽然教育资源不那么集中，但对于聪明好学的宝贝来说，这绝对算不得问题。因为网络这么发达，知识信息无孔不入，只要想学习，随便就能找到资源。咱就不要过分妄自菲薄，不要自己吓唬自己了。

有压力是好事，适当的压力会转化为动力嘛。但过分地压迫自己，就适得其反了。你只要平时功夫扎实，打好坚实的基础，咱是有准备的人，管它来什么狂风暴雨还是洪水猛兽呢，兵来将挡，水来土掩。别去想那些虚无的，最后试卷的难或易，只有到打开的时候才知道。眼下你拼命胡思乱想，且为之寝食难安，这不是完全白搭时间和精力吗？到时候，恐怕不是你不会做题，而是你把自己吓得不会了。

小蛋挞，来，甩甩你可爱的小脑袋，把那些纷乱的芜杂的思绪统统甩净了，装上天蓝云白草香花香。初中生涯已接近尾声了，咱得好好握住这最后一段时光，该吃饭时吃饭，该学习时学习，该睡觉时睡觉，精神饱满，稳稳当当，那就不可能偏离你的航向。

生老病死是人间常态，你的爷爷到了另一个世界，去继续他的生活了。你呢，好好把自己照顾好，就是对他最好的怀念。

亲爱的宝贝，你本是闪闪发光的一颗星，你只要负责璀璨就行了。

祝中考顺利！

你的朋友：梅子老师

生命的秩序

梅子老师：

您好！

我是来自重庆的一名学生。很荣幸在我踏入中学没多久，就能近距离聆听到您的讲座。您的讲座给了我不少的启发，谢谢您。

说起来也蛮不好意思的，我第一次认识您，是在摘抄作业里头看到您写的《满架秋风扁豆花》。当时我整个人都被震撼到了——生活中那么小的事，您居然也能写得这么有意境！我被您文字的美折服了，您的乐观和积极感染了我。

我在生活中其实比较悲观，凡事都只能看到悲观消极的一面。比如您说花开得很美好，在我，却只会想到花的凋落的凄凉；比如您说相聚在一起很快乐，在我，却只会想到离别时的惆怅和痛苦……诸如此类的想法数不胜数。对此，我妈就大为不解，说你一个男孩子怎么生了颗女孩子的心？对了，我是男生，是个戴着黑框眼镜嘴边有着两个小酒窝的男生，您这次和我们班的同学合了影，那里面就有我。

我也不知道我这多愁善感的性子是不是不正常。我想请教一下您：您是如何保持万事万物都往乐观积极的一面去想的呢？

　　第一次跟您写信确实有些激动，有些前言不接后语了呢。在此，我还要感谢梅子老师从百忙中抽出时间来看我这封邮件！再次感谢！

您的小读者：晌晌

　　晌晌宝贝，你好。

　　很高兴收到你的来信。你是个很柔软的好孩子呢，要是我们每个人都像你一样，有一点"多愁善感"，世界也就少了许多的"剑拔弩张"吧。

　　从重庆回来，我就急着出门去看蔷薇花。花开是不等人的，我在重庆的时候，我们小城里的第一茬蔷薇已开过了。幸好，我逮住了春天的"尾巴"——护城河边还有几丛晚开的蔷薇，鼎鼎沸沸地开着，如同盛典，红红白白，都是韶华。我在花旁待了很久，给它们拍了许多照片，想到了不少写蔷薇花的诗句，比如"朵朵精神叶叶柔，雨晴香拂醉人头"；比如"一架长条万朵春，嫩红深绿小窠匀"；比如"水晶帘动微风起，满架蔷薇一院香"。写下这些诗句的古人早已沉睡在历史的长河中，然借着这些蔷薇花，他们似乎又活转回来。眼前是喜欢的天空，喜欢的大地，喜欢的花朵，喜欢的味道，我满心里都是喜欢了。

　　我自然清楚只消几阵清风、一场细雨，这些蔷薇花就凋谢得差不多了。可我并没多少伤感，花开花落那是顺着生命的秩序在走啊。如果只有盛开，没有凋落，花的生命是不完整的。所以无论盛开，还是凋落，都是生命在完成生命。

这么一想，再面对凋零和衰落，你是不是释怀了？更何况，生命是有延续的。就像飘落的蔷薇花，它并不是白白凋谢，它会化作泥土中的养分，滋养着植株。只待来年的春风吹上几吹，它定会捧出更多的花朵。你看，一个春天走了，我们会开始期待下一个春天。一次别离后，我们会期待下一次重逢。这正如天上的白云，聚了又散，散了又聚，天空才显得格外生动和丰富。我们的人生亦如此，有聚必有散，代代无穷已。这里面有一种叫希望的东西在闪光，人类是因有希望在，才有了生生不息。

宝贝，每一个不快乐的日子，都是对生命的辜负。万事万物自有着它的机缘和秩序，我们只负责欣赏就好了。

愿你笑口常开。

你的朋友：梅子老师

第五辑　和光同尘

世界是纷繁的，和光同尘，你方能活得顺畅愉悦。

和光同尘

亲爱的梅子

　　你好！

　　我这么称呼你，你不会怪我没有礼貌吧？我觉得这样称呼很亲切，像和一个亲密的人在说话。

　　梅子，我是你的忠实读者，我在上小学的时候就知道你了，我喜欢你写的书，这么多年，它们一直摆在我家书架的 C 位上。

　　介绍一下我吧，我是个高中生，性别，女，现在正处在高一升高二的暑期阶段。你叫我"杨子"吧。哈，是不是跟你的名字像亲戚？

　　梅子，我想给你讲讲我的事，其中有些困扰，希望能得到你的帮助。

　　自从升入高中后，我就不大适应了。不是学习上的问题，是有关老师的。初中时，我遇到的老师都是既温柔又美丽的，尤其是我的初中班主任。我那时成绩也不算突出，我也不是个很听话的孩子，可她对我很好，从不打击我。她对所有孩子都是打心眼里爱着的。在她的鼓励下，我最后中考考出了超出平时好多的好成绩，顺利进入到目前这所重点高中的重点班。

我开始还憧憬满满信心满满的，可当我看到担任我们班主任的老师时，心里拔凉拔凉的。他是男的（我没有歧视男老师的意思），四十来岁，端着威严的架势，脸上的皮肉绷得紧紧的，仿佛我们不是他的学生，而是他看押的犯人。开学第一课，他就对我们训话，立下了种种规矩，要我们遵照执行。我以为那不过是新官上任三把火，吓唬吓唬我们。可谁知，唉，他的简单粗暴渗透到跟我们相处的每一个瞬间。你不晓得什么时候就挨训了，因一个同学的问题，他能把全班同学骂上半节课。

他是教物理的，本来嘛，物理是我顶喜欢的一门学科。但由于是他在教，我一点也不喜欢了，挺拒绝去翻物理书的，成绩自然往下掉啊。从前几名掉到最后几名，真是太可怕了。我想，这样下去不行啊，这样下去我就要被淘汰到普通班去。我硬着头皮让自己适应，才让成绩慢慢提上来。当然，离前几名还差很多。

眼下就要升上高二了，我们要选科。我喜欢理科，选理科的话，物理和化学是必选的。我真怕这个班主任还会继续担任我的班主任，继续教我的物理。也有可能会换一个老师来教，如果那个老师也像他一样严厉，那我的物理可就真惨了。我其实一点也不惧怕学物理，暑假里，我上大四的表哥回来了，他拿起我的物理书，随便翻开一章讲，我都能听得懂，也很感兴趣听。因为我的表哥待人谦和，我在他跟前不紧张。我之所以怕物理，是因为怕教物理的老师。我喜欢温柔的老师，对我好的老师，哪个老师对我好，我哪门学科就学得很好。哪个老师我不喜欢，这门学科就学不起来。梅子，我到底该如何做出选择呢？假如遇到不好的老师，我该怎么办呢？这是我的困扰。

期待梅子的回信。永远爱你！

爱你的读者：杨子

杨子，你好。

你一叫我"梅子"，我便觉得眼前仿佛有花缓缓绽开，我变年轻了。活到八十，咱还是一美少女。

你的假期过得很愉快吧？我看到很多孩子利用假期出去旅游了，这真是顶好的休闲方式。旅游是最好的阅读，一路之上，会遇到很多新鲜的人、新鲜的事，它让我们在认识世界的同时，也重新认识自己。

杨子，世界太大了，万物在其中。既有流水潺潺的小溪，又有波涛汹涌的大海；既有平坦无垠的平原，又有险象环生的悬崖峭壁；既有绿草茵茵的草地，又有炎热干燥的沙漠；既有温柔可爱的小鸟，又有凶狠阴鸷的猛兽；既有甜蜜芳香的果实，又有饱含剧毒的汁液……好的、坏的、善良的、邪恶的、柔软的、坚硬的，哪一样都自有它的一席之地，共生共存，这才有了世界的多样性。也正因世界是这样多元的世界，才多出许多趣味和挑战吧。

人呢？人也不例外啊，各有各的性格呢。有的温柔，有的暴躁；有的软弱，有的刚强；有的长情，有的绝情；有的偏感性，有的偏理性；有的善良，有的邪恶……我们生活在人群之中，迟早什么样性格的人都会碰到。所以杨子，你要学会接纳。

选择自己喜欢和擅长的学科，这是必须的。不管老师多么严厉，他的课是正常好好上着的吧？只要他正常上课，你又何必计较他的态度。你只需好好听课，好好完成该完成的学业就是了。咱又不是皇家公主，非得有人宠着不可，咱独立着呢，只要真正学到知识就好。过去的学徒跟师傅学手艺，天天要起早帮师傅倒痰盂、清扫屋子、洗衣做饭、帮师傅跑腿，还得时不时挨师傅打骂。比起过去的师傅，你那个严厉的物理老师是不是要好很多了？

杨子，学会做情绪的主人吧，世界是纷繁的，和光同尘，你方能活得顺畅愉悦。

祝你高二学习顺利！

祝你有个更美好的未来！

你的朋友：梅子

"鱼"和"熊掌"不可兼得

梅子老师：

您好！

过了这么久又给你写信了，这次挺矛盾的，真的不知道该怎么选了。

我是一个即将毕业的专科生，学校安排在大三那一年出去实习，也就是说大三就不去学校了。因为是大专嘛，所以心里还是想通过专转本，再拼一次考入本科。而学校又要求实习，我不知道我是应该实习还是备考了。

对于这个专转本考试，有时候当很多事情压在一起的时候，我都有点怀疑我自己了，为什么我一定要专转本？为什么我不和其他同学一样出去找工作，这仅仅是为了那个所谓的本科学历吗？仅仅是为了当别人问起时可以不用说自己是大专毕业吗？仅仅是为了父母不轻视的态度吗？我想了很多很多，有时候我真的越想越不明白。

其实在暑假放假之前，学校也有组织那种招聘会，我也投了几家，其中有一个很不错的工作录取了我。但由于当时心里想的是备考，我回绝了。当时也有问父母，我想听听他们的建议，但他们的回答总是让我自己选择（当时我是真的很气，我就是想听听他们的建议，可他们到最后却还是让我自己选择）。最后我回绝了那个公司，存着侥幸的心理，希望还有其他的机会，但结果却是没有。

现在暑假快要结束了，学校那边要确定实习岗位的事情了，而我却还没有找到，我现在就是想实习吧找不到合适的工作，想专心备考吧有不够专心，无法集中注意力。唉，每天都过着这样的日子！

希望梅子老师能给点建议，希望能收到您的回复！

您的读者：芳芳

芳芳，你好。

看完你的信，我想到《孟子·告子上》中的一段话："鱼，我所欲也；熊掌，亦我所欲也。二者不可得兼，舍鱼而取熊掌者也。"孟子的选择毫不拖泥带水，对他来说，熊掌的"价值"远高于鱼的"价值"，他走的是成就道义的路。

我们却常困窘于这样的选择，因为我们很贪心，既想要"鱼"，同时又想获得"熊掌"，哪个都不舍得放弃。在不得不作出选择时，我们因无法计量出到底是"鱼"对我们更有利，还是"熊掌"对我们更有利，而把自己塞入两难境地。

芳芳，你现在面对的，正是这样的选择，不管是"专升本"，还是"工作"，都是诱惑。你其实并不真的垂青于它们，你只是随着世俗的潮流在走罢了。世俗认为，本科学历比专科学历更有面子更吃香；世俗认为，找到一份稳妥的工作才是正途。至于你自己的真实意愿是什么，你大概是糊涂着的。你在权衡的，是"利大弊"，还是"弊大于利"，根本没有好好去想，走什么样的路更适合你，更能完善你自己，更能让你变得更好。

倘若是我，我是会按自己的心愿去走的，走自己乐意走的路。什么叫心愿？就是不以世俗的评判标准来评判，不以眼前的暂时利益作考量，而是以适不适合自己来评判，以自己喜不喜欢来评判。若是你喜欢读书，那不妨放下其他，专心致志复习备考。不管结果如何，多学习一些知识总没有坏处，它会把你送上一个更高的台阶。进一寸有进一寸的欢喜，迈一步有迈一步的天地，工作晚两年再找关系不大；若是你很想工作，那就不要再想别的，一门心思去找工作。实践是获得知识的另一个途径，在工作中你也可以提升自己，让自己不断精进。总之，不管选择走哪条路，只要不放弃学习，你都会活出属于你的灿烂的。

芳芳，不要埋怨父母，你反倒要感谢他们的不干涉呢。他们如果真的建议你走哪条路了，你真的会去走吗？走到一半你后悔了怎么办？我们每个人都要对自己的人生负责，你才是你自己的掌舵人。

你的朋友：梅子老师

有一种喜欢叫不过分打扰

梅子老师

　　你好!

　　我是今天坐在底下听你讲座的一名初三学生。小礼堂里的人太多了，我好不容易溜进去，挤在最后一排，距离讲台有些远，又加上自己是近视，只能远远地看着你，是雾里看花啦，哈哈。不过好在后来，我鼓足勇气挤到你跟前，让你帮我签了"天天开心"四个字。我看到你的笑脸，真的像花儿一样明丽呀。我想你是不会记得了，有那么一个女生，她一脸热切地看着你。不过没关系啦，很多时候人与人本就是萍水相逢。说实话呢，最近学习上遇到了很多困难，包括生活上也平添了很多的烦恼，你的到来实实在在为我扫去了自己内心的一大块阴霾。就像你说的，没事，睡一觉，明天的太阳又会升起。谢谢你，梅子老师!

　　近来我又添一个困扰，它令我沉思与纠结。怎么跟你说呢，可以说是情感上的困惑吧，又不是，我也说不清了。

　　我很喜欢我们班上的英语老师，她是个女老师。我对她的喜欢近似于追星的喜欢，喜欢找她聊天，喜欢跟她说我的琐事，我觉得她是一个很温柔的人，我想以她为榜样。有一次，我去找她聊天，当然我也没有什么非聊不可的事情，我只是单纯地想跟她交流、接触。她看出来了我的害羞，说如果以后想和她说话，可以去办公室看她。我听了真的好开心，从一开始的胆怯，到敢于与她交流，我自认为，我们的关系越来越好了，就像好朋友。

然而，不知是我找她的次数太频繁了，还是别的原因，近来她开始冷落我。我很懵，不知道自己怎么了会导致这样的结果。后来几经分析，才大概觉得是她认为我是个同性恋（我们班的另外一位女老师面对我朋友对她的喜欢，做出的回应是"我是直女"，但其实我的朋友并不是同性恋，很显然这是有误会的）。我感到很冤，因为自己彻头彻尾就不是这样的人（我并非有贬低这方面的意思，只是我实在不是）。我想要与她说清楚，想告诉她，我不是同性恋，我只是单纯地喜欢她，无关爱情的喜欢。她感冒时我给她写小纸条祝她早日恢复，也是因为我真的把她当成一个大龄的姐姐来看待。但是想解释清楚的想法，在我又上完一节英语课后泯灭了。因为她看我的眼神是那么冷漠，我觉得说出来很没意义，她说不定根本没在乎我。然这件事对我影响又很大，我一直在猜，也一直在怪自己为什么把这一切弄得如此糟糕。

梅子老师，我想问问，你觉得，我应该把事情说清楚吗？

你的读者：小妖

小妖，你好。

你的英语老师能被你这么喜欢着，她多么幸运。这说明她人很不错，她一定是个如春风一般的人吧？在学生年代，能被这样的"春风"照拂着，你也好幸运哦。

你喜欢她，崇拜她，这本是一件很美好的事。但，人与人相处要有一定的距离感哦，过于"亲密"，会挤占掉对方的空隙和时间，让对方呼吸不畅呢。

每个人的"空间"都是有限的，都有自己的事要做。你有事没事"频繁"相见，必给她造成一定的干扰。老师教的学生远不止你一个，如果每个孩子都如你这般，她恐怕连吃饭的工夫也没有了。亲爱的宝贝，有一种喜欢叫不过分打扰。你以后还会拥有更多的朋友，甚至有关系更为亲密的，切记都要保持一定的分寸哦。"喜欢"应该是种明媚的光，不远不近地洒下来，缓缓的，柔柔的，让人沐于其中，身心皆舒服。而不能让它怒放如焰火。没错，"焰火"很奔放很热烈很耀眼，可也很容易灼伤人。

老师突然"冷落"你，倘不是你做错了什么，你就没必要过多地为此纠结。你心坦荡荡，有什么好纠结的？你就当是一阵清风拂过吧，一如既往地读好你的书，上好你的课，时间与事实会帮你说明一切的。

如果你实在因这事困扰而解不开心中的结，那不妨给老师写封信，把你的真实想法一五一十告诉她。像她那么个春风般的人，定会珍惜每一朵小花的盛开。你们之间的误会，一定会消除的。

宝贝，继续做一个蓬勃向上的女孩。可以亲近老师，但保持克制，你的时间也很宝贵，对不？心里若实在有些话要倾诉，可以倾诉给日记本听。每天写两行日记，与自己的灵魂对话，实在是个不错的选择。

祝你快乐。

你的朋友：梅子老师

活着就是体验

梅子姐姐

　　您好！

　　我今天在家，翻看了您写的书《我们都不是完美的人》，感触颇多，突然有了很强烈的给您写信的欲望。

　　我是个高中女生，这个暑假过去，就升高二了。我现在回忆起高一的生活，只能用四个字来概括：支离破碎。是啊，是那么的支离破碎，我都不知道自己是怎么一步一步走过来的。

　　高一下学期，我被送去看了心理医生，结果被诊断出中度到重度抑郁。我一点儿也没有意外，其实从初中起，我就已经抑郁了，只是我的父母不以为然罢了。他们认为我矫情，认为我玻璃心，把我塞进各种各样的习题和补习中，对我说，只要我考出好成绩，一切都听我的。我如果不听他们的话，他们就骂，就打，还振振有词说，我们这是为你好。好吧，我遂了他们的愿，考上了一所不错的高中。这个时候，他们又给我定下新的目标，大学一定要考上一所 985，最次也是 211。

很可惜，我可能要让他们的愿望落空了，因为我根本没做好上高中的准备，何况是所重点高中！我进去，完全是为着垫底。第一次考试，我就全军覆没，连我引以为傲的语文，名次也落到后头。老师个个很严厉，都是采用的打压式的教学方法，每天的作业压得我喘不过气来，我没了自我。我开始厌学，坐在课堂上，心情特别烦躁，好想大喊大叫。有一天，我真的大喊大叫起来，并且把课桌掀翻了。啊对了，就是这次事件，我的父母才把我送去看心理医生的。

这次看过心理医生后，我休学了两个月，一直吃着药。嗯，我的父母蛮搞笑的，因我的事相互推诿责任，相互谩骂，还闹着要离婚，当然他们也就说说而已。

我现在的状态还算好吧，可能是吃药的缘故，也可能因为是在暑假里，总体上来说比较自由，我可以看我爱看的书，追追我喜欢的电视剧。我的父母也终于不再逼迫我了，他们说我将来能考上个大专就不错啦。

我却有个梦想藏在心里，我想当老师，像梅子姐姐您一样的老师。我想穿着长长的花裙子，站在讲台上，对着一群小屁孩讲故事，看他们晶亮晶亮的眼睛，像闪闪的小星星。闲了呢，我就在校园里到处逛，在这里种下一些花，在那里种下一些花，然后领着我的小屁孩们，一起在花丛中打打闹闹，让他们知道大自然有多好，像梅子姐姐写得那么好。但我知道这条跟很难走，大学生毕业后工作很难找，好多人都在往这条路上挤，且以后需要的老师也没有那么多了。不过，我还是愿意做着这样的梦，梅子姐姐您认为我是不是痴人说梦？

暑假里新高二分了班，我去了，新班级里有不少老同学在，这让我放心多了，我不会太孤单。高二也分了科，我纠结半天，最后还是决定选了纯文科。因为我喜欢文科，尽管我的成绩很难看，可我心里有个声音在说：你一定能学好的。好吧，祈愿开学后能遇到个和蔼可亲的老师，能够多多鼓励我。哈哈，我是需要多多鼓励呢。梅子姐姐您可不可以对我说一声：宝贝，你行，你一定行！

啰里啰唆说了一大通，梅子姐姐你有没有嫌我烦？我真的很喜欢这样对您说话，觉得很放松，心情都好了很多呢。

谢谢梅子姐姐。祝您喜乐安康！

爱了您五年的读者加超级粉丝：小辣椒

宝贝，你好，叫我"梅子阿姨"吧。

谢谢你爱了我这么久。五年呢，小姑娘长成大姑娘了。

你受苦了。幸好那些支离破碎的日子都成了过去，你也算是获得新生了。人间本就是破破碎碎的，我们来，就是为了缝补这些破碎的。

我想到当年的我，如你这般大的我。那时，我刚从贫瘠的乡下走到城里上学，借宿在一个远房亲戚家。亲戚家住在街巷深深处，两居室，很拥挤。我挤了进去，两居室显得更拥挤了。我知道人家并不乐意，暗暗告诫自己一定要小心谨慎，千万不要惹人家厌，我说话小声，走路小声，尽量降低我的存在感。白天我基本不过去，也只在晚上睡觉时才出现。有时放学早，我无处可去，就在学校门前的一条河边消磨时光。那条河呈东西走向，时有轮船突突而过，激起硕大的水花，狠狠砸向岸边，发出哗哗的响声，听上去是那么快活。对岸人家在河边淘米洗菜，大声说话，也是那么快活。河边的野草举着开好的没开好的小花，密密匝匝，红红紫紫，也是一脸的快活。夕阳的影子拖着长长的尾巴，跳入水中，夕阳也是快活的。只有我不快活，我寄人篱下，我成绩平平，我穿着寒朴，我被同学取笑是乡巴佬、泥腿子……我望着暮色渐浓的远方，想着那是河流到达的远方吧。而我的远方在哪里？我很茫然，很苦闷，常常不自觉地掉下泪来。

当时的我，以为自己会永远困在那条河边，以为自己的一生也走不出那片小小的天地了，我羡慕所有走过我身边的人，以为他们都活得比我好。多年后，我回到那条河畔，寻找我的当年，河流早已不复当年的样子，老街也不复当年的样子，只有一些小野花，还在开着当年的颜色。但我知道，它们也不是当年的那些小野花了。时间一路向前，谁会留在原地呢？再大的困境，我们也会从中走出来。再糟糕的局面，也终将成为过去。我也早已不是当年那个怯弱自卑的小女生了，我踏过很多山水，行经过很多地方，遇到过很多心动的事情，收藏过很多美味和欢笑。

这就是人生啊，一路向前，义无反顾。虽明知最后的结局，不过是一抔黄土，虽明知许多的追寻都是虚无，可我还是那么努力，那么认真，不浪费属于我的每一天。因为活着就是体验。我要体验种种人生，我体验，我幸福。

宝贝，你遇到的一切，何尝不是人生的体验？这世界是矛盾着的，矛盾讲究对立和统一，有好的，必然有坏的；有美的，必然有丑的；有善良的，必然有邪恶的……通通接受它们，能欣赏的，咱好好欣赏，不能欣赏的，咱和平共处，努力享用你现在的人生，让自己的心听凭自己的意志，活出真正的自由和自在。

你的梦想真好。喜欢和孩子待在一起的人，永远都有一颗童心呢。这世上最珍贵的心，莫过于童心了。宝贝，继续拥抱着你的这个梦想，万一有一天它实现了呢？没有正式编制也没关系，跑去一些边远的山区支教，让你的梦想在山区里开花，其意义更大呢。

宝贝，你行，你一定行！

你的朋友：梅子阿姨

宽　恕

梅子老师

　　您好：

　　今天我真的真的太郁闷了。

　　我们班有个女生，我和她是幼儿园同学，初中时再相逢，发现各自的兴趣不一样，也就很少走到一起，关系也就一般般。可是今天，我突然听到她在别人跟前说我的闲话，说我长得又肥又胖。还说我善于伪装，跟周围人友好都是装的。我听见了十分生气，我虽然有点小胖，也不至于像她说的又肥又胖。我平时做事虽然表情严肃，但那绝不是装的，我就这个性格，改也改不了。我对周围人友好也都是出自真心，课后我喜欢跟他们聊聊天说说笑，这哪里是伪装了？我为这件事烦躁不已，晚自习都没好好上。

　　梅子老师，遇到这样的人我该怎么办？

　　谢谢您读完这段文字。打扰到您了，祝您生活愉快！

您的读者

宝贝，你好。

这会儿还郁闷着吗？看你的信之前，我刚好在读英国作家王尔德的东西，读到一句话挺有意思的，与你分享一下：

世上只有一件事比被人议论更糟糕，那就是没有人议论你。

你细品品，你再细品品，品出什么来了吗？

无端被人议论的确叫人不快，可当一个人从不被人议论，那他活得是不是也有点儿惨呢？因为他的存在对他人来说，完全可有可无。所以宝贝，换个角度看待你遇到的这件事，你应该感到释然了吧？因为，你不是一个可有可无的人呢。那个女生之所以要在别人面前诋毁你，盖因你身上有她没有的光亮，这光亮"妨碍"到她了，使她对你产生了妒意，把你当对手了。

我们的生活里，有朋友，自然也有对手。遇到这种爱嫉妒爱搬弄是非的人，你直接无视，不予理睬，就是对她最好的回应。你是什么样的人，没有谁比你自己更清楚了，你不需要向任何人证明。你只管继续走你的路，想严肃时就严肃，想开怀大笑时就开怀大笑，她能奈你何？

王尔德还说了一句话也挺让我受用的，一同分享给你吧：

永远宽恕你的敌人，没有什么能比这个更让他们恼怒的了。

宝贝，有人群的地方就有纷争，就有背道而驰。在你今后的人生路上，你还将会遇到诋毁、谣言和中伤，聪明的你，一定不要让自己陷在诋毁、谣言和中伤中，心碎神伤，而要选择宽恕。当你原谅了世界，世界便变得明亮了宽广了。

你的朋友：梅子老师

青青羽翼，缓缓高飞

亲爱的梅子老师

您好！

我是一个刚结束高考的学生，考上了一个不算太好的学校。

高中有一阶段，对我来说特别的灰色，那时我以为自己简直活不下去了，幸亏您的书陪伴了我。每一次翻开您的书，我都能获得宁静。说句毫不夸张的话，如果不是您的陪伴，我是走不到今天的。谢谢您！

今天给您写信，是因为我跟我妈发生了争执。拿到录取通知书的时候，我是有一刻难过的，想上的学校没去成，这辈子也就错过了。但后来我想通了，我可以考编。我的愿望是做个老师，我想教小学或初中语文，最好是小学（我喜欢小孩子，他们像小兽那么讨人喜欢）。我在语言方面表现还不错，上学期间语文也是各门学科中最好的，我也喜欢古典文学这一块，到时就有机会领着一帮孩子念"呦呦鹿鸣，食野之苹"了。

可我妈却坚决要我先考研，她说现在不是个研究生都走不出

184

门，说本科生没人要。我坚持我自己的想法，先考编再说。我妈很生气，根本不听我的解释，就说再也不会管我的事情了，愤而挂了电话。梅子老师，遇到这种情况，我该怎么跟我妈沟通呢？我该怎么选择未来的路？真的很需要您的帮助，谢谢。

您的读者：青羽

青羽，你好。

祝福你，从那段灰暗中走出来，获得了一个崭新的你，这是很了不得的事情。你有没有祝福自己呢？所有的灰暗，都是对人最好的锤打，打不死的，最后都成了英雄。你是自己的英雄呢。相较于高中那个阶段的"灰暗"，你眼下遇到的事情，实在算不了什么。你说呢？

你和妈妈之间，并没有原则性的矛盾，你们都是爱着对方的，那一切都好说。她要你考研，你先答应了再说，争执个啥呢！至于考不考，还不是你说了算的事？到时，她想管也管不着啊。有时，善意的谎言，是润滑剂呢，会让人很舒服，可以和缓紧张关系。

你和妈妈毕竟是两代人，她有她的想法，你有你的想法，当两种想法无法汇聚到一条路上时，那就保留各自的意见好了。行动才是最重要的，你如果真想考教师编制，那就考呗。在大学里悄悄儿地用功，到时把考上的消息再告诉妈妈，看她惊不惊喜。

未来的路，是走着走着才能明确的事。你这还没入学吧？你要着手做的事应该是，看看所选的专业是什么，这个专业你是否真的很喜欢，这个专业将来能否为你所用等等。在能协调的范围内，尽量让专业向自己的喜欢靠拢。当然，也有些专业起初并不喜欢，但学着学着，就学出感情来了。那么，就努力好好地学好它。大学里最怕的是躺平，因为大学与中学的管理方法完全不一样，中学是老师、家长监督着学习，大学完全靠的是自主学习，好多孩子进了大学后就以为万事大吉，人生到此休休，整天不是睡觉，就是玩耍，最后落得两手空空，这个你要警惕。

青羽，等几年大学下来，也许你又有了新的规划、新的打算也说不定。现在就来讨论未来的路，为时过早。你说的那个教师编制，我觉得你不妨试一试，或许你真的可以领着一群孩子唱歌般地念着"呦呦鹿鸣，食野之苹"呢，那画面，很美。

你是青青羽翼，定会缓缓高飞。

祝你愉快！

你的朋友：梅子老师

善良和柔软要带着牙齿

梅子老师

您好!

我是初中的一个女生。我有很苦恼的事情,要向您倾诉。在小学,我就被其他女生欺负,那时我以为忍一忍,到了中学就好了。可到了中学,我还是被其他女生欺负。

因为离家远,我住校。在宿舍里,她们联合起来欺负我,把我的被子浇上水。我的鞋子也被她们泡到水里。有时,她们还会把宿舍门从里面锁上,不让我进去。有时还会把我逼到墙角落里,罚我站在那里不许动,她们却在一边哈哈大笑。宿舍卫生都交给我一个人做,做得不好还会被她们打骂。您说我这是不是被霸凌?

我现在好害怕,我觉得自己不干净,我常常在半夜里哭泣。我弟弟今年小学快毕业了,马上也要到这里来上初中,我真怕她们再去欺负我弟弟,我不想我的亲人再被欺负。

我告诉过老师,老师建议我最好走读,可我的父母不同意我走读，因为他们接送起来很麻烦。

梅子老师我希望您能帮助我，我现在到底该怎么做？

您的小读者：雀儿

雀儿宝贝，你好。

你这是赤裸裸地被霸凌了。

你有没有想过，为什么别人觉得你好欺负？那是因为当初你的忍让啊。你的忍让，让她们得寸进尺无所顾忌。久而久之，成了惯例，不欺负一下你，她们的手就痒痒。俗话说，柿子专拣软的捏。你就是那只软柿子哎。你可曾看到过有谁去捏硬柿子的？那完全吃不得嘛，会涩掉牙的。

做个善良柔软的孩子没错，但有时候，我们的善良和柔软要带着牙齿。玫瑰花好看不？当然好看，人人似乎都采得。可玫瑰花有尖锐的刺，人人都不能轻易采得。玫瑰花的刺，就是它保护自己的最好方式。

宝贝，你的牙齿呢？你的刺呢？当别人有意识地明目张胆地咬你一口刺你一下的时候，你得反咬回去反刺回去呀。她们给你被子浇上水是吧？那好，让大家的被子一起洗洗澡好了（鞋子可参照被子的做法）。她们把宿舍门从里面锁上不让你进？那好，你去买把锁，从外面锁上，她们也不要出来好了。罚你站？行啊，你盯紧那个带头起哄的，等她落单了，也罚她站站。以一对一，你总不会输吧？当然要掌握度，你只让她尝尝她们施加在你身上的痛就好了……当你变得不那么好惹了，霸凌也就离你而去了。

"马善被人骑，人善被人欺"，这是古训呢。这不是说我们不要做善良的人，而是说所有的善良，都要有原则有底线，这个原则和底线是，不伤害自己和不被他伤。否则，就是愚蠢、懦弱和无能。宝贝，走读不是解决问题的好办法，因为欺负你的人不会因为你走读就不欺负你了，你自己变得强大起来才是关键。同时，别忘了寻求老师和家长的帮助，必要时也可以报警嘛，打110会的吧？老师、家长和警察都不会明知你被霸凌而置之不理。

宝贝，你的人生路还长着呢，一路之上，有阳光普照的同时，也断少不了阴影。希望你能快点长出自己的"牙齿"，保护好自己。

愿宝贝早日摆脱阴影，回到阳光之下，做个快乐的人。

你的朋友：梅子老师

别辜负自己

亲爱的梅子老师

您好!

我是一个十六岁的女生,我马上要上高中了。可是,随着年龄的增长,我感到越来越迷茫,我不知道我为什么要学习。母亲从小就告诉我,穷人家的孩子,只有好好学习才能出人头地,才会有一个美好的未来,才会有一个灿烂的人生。

可是,我的成绩并没有那么优秀,这让我感到很焦虑。而且我马上要上高中,不久也会迎来高考,我很怕会辜负父母的期望。

我真的不知道该怎么做了。我想听听您的建议。

祝您永远健康快乐!

您忠实的读者

宝贝,你好。

十六岁,多好的年纪!

我想我的十六岁了。

那个时候，我刚从乡下的初级中学，考到镇上的完中去读书。我穿着我妈纳的土布鞋，我背着我妈缝的花格子书包，被城里同学取笑：乡下泥腿子。

那个时候，我像只慢慢爬行的蜗牛，自卑地把自己封闭在一个壳里面。我家境贫寒，长相算不得出众，人又算不上顶聪明，唯一公平的是，我可以和别的孩子一样，坐在教室里读书，我可以和他们一起聆听老师的课，一样地享受阳光、清风和明月。

我爸妈从没给我说过什么人生大道理，他们只是把做农活的农具给我备好，钉耙、锄头和扁担。我的出路写得明明白白，倘使书读不下去，只有回家，回到我那偏僻的乡下，扛起钉耙、锄头和扁担，以后找个人随便嫁了，重复着祖祖辈辈的日子。

这很现实，命运由不得我做出另外的选择。那么，好，我只有埋头好好读书。我信，勤能补拙。当别的同学在睡觉的时候，我在学习；当别的同学逛街的时候，我在学习；当别的同学玩耍的时候，我还在学习。大家的智力其实都差不多，唯一的差距，就是有人肯付出努力，有人不肯罢了。

是的，我很勤奋，这个习惯，从我少年时就养成，一直到今天，都未曾有所改变。它没有使我变得有多杰出有多了不起，但足以使我变得更美好，使我成为我想成为的人。

宝贝，你说你不知道为什么要学习。答案其实很明朗，就是为了使你成为一个更好的你啊。在我的记忆里，我最感谢的，就是中学那段勤奋的时光，它让我从我的乡下走出来，走到更广阔的天地里来，走到更多更远的地方，阅览了人世间更多的风景。

你说你并没有那么优秀，这让你焦虑。我笑了，怎么来评价这个优秀？是要做年级第一？还是要考上清华北大？普通人难道就不优秀吗？只要积极向上，只要善良友爱，只要不颓废，在我看来，都是优秀的。我只知道，焦虑没有用，着急没有用，哭泣没有用，唯一有用的，就是努力去做。努力了，才能有所改变。也许最终无法达到别人眼中的那个优秀，但是，因为努力，我们会让自己更接近那个更好的自己。不是吗？

写到这里，我想起去年去拉萨，遇到一个从芒康来的小母亲，她带着她的三个女儿，到拉萨读书，最大的女儿上幼儿园，最小的女儿，还有吃奶中。我不解，问她：芒康没有学校吗？她告诉我：也有的，但拉萨的教育资源多啊，我想让我的女儿们接受更好一点的教育。她说：有文化多好啊，哪怕是做生意，有文化的人和没文化的人就是不一样。她没文化，但她希望她的女儿们都能做个有文化的人。

宝贝，不要说怕辜负谁谁谁，我们最应该怕的，是辜负自己。为了你自己，好好学习吧。

你的朋友：梅子老师

第六辑　如鱼在水，如花在野

从爱上早晨的太阳开始吧，爱上这个世界的颜色、声音和气息，你必将热爱上热气腾腾的生活。

与小玉及晶晶书

NO.1

梅子老师

您好：

我不知道怎么跟您来介绍我。

我吧，生活在一个条件很不错的家庭里，爸爸妈妈很恩爱，他们对我都很好，都很尊重我的想法，也给了我很多自由。小时，我对什么都感兴趣，妈妈送我去学过跆拳道。我到现在，还会耍两手跆拳道的。我也学过钢琴，是专门请的老师，一对一教的那种。钢琴后来考过十级。我还上过舞蹈课，上过书法课，上过小主持人培训课。每年的寒暑假，爸爸妈妈都陪我周游世界。总之呢，我小时的生活过得实在是丰富多彩啊。那个时候总是元气满满，梦想多多，我想过当钢琴家，想过当舞蹈演员，想过当书法家，想过当主持人……哎，我就是想尝遍这世上所有所有好玩的东西。

可不知从什么时候起，我的那些梦想离我越来越远了，我不再有梦想。现在，我上高二了，还有一年就高考了，我的同学都目标明确，我却越活越没劲。每天早晨一醒来，只感到好累啊，不知道活着是为了什么。以前相信的东西，现在一点儿也不相信了。以前心存希望，总觉得自己多才多艺，会越来越好，可现在呢，活着也就这样，没有希望，没有活力，什么都没有。

我的家人很不能理解我的行为，他们纵容着我，却无计可施。是啊，我自己都不理解自己，他们又怎么能理解？我不知道我到底怎么了，现在就是不想学习，什么都不想干，觉得活着好没意思。

我怎么会变成这样的呢？我怎么会对一切都失去兴趣了？我怎么会活得没有活力了呢？梅子老师，我是真的不知道。

为什么要给您写这封信呢？我也不知道。大概因为您是我初中时，最喜欢的一个作家吧。

您的读者：蜉蝣一粒

宝贝，你好。

咱如果不想学习，暂时就不要学了。如果什么也不想干，暂时就不要干了。来，坐下来，就坐到一捧阳光下吧，闭起眼睛，什么也不要想，只静静享受阳光的抚摸。冬日负暄，算得上是冬日里最美好的事情了。白居易曾不惜笔墨，写诗大赞此间妙处呢：

杲杲冬日出，照我屋南隅。
负暄闭目坐，和气生肌肤。

初似饮醇醪，又如蛰者苏。

外融百骸畅，中适一念无。

旷然忘所在，心与虚空俱。

念到最后，你是不是笑起来？我每次读到这儿，都要笑起来的，白先生这个人的灵魂，真正是有趣极了，晒个太阳，也能让他飘飘欲仙。你看，想要滤空自己，让自己身轻若仙，并不是件难事，只要许自己在冬日的阳光里泡一泡，也许就能做到。

你还可以许自己放纵一回，丢下所有，来个小小的"离家出走"。到一个小镇去，随便沿着一条街道走下去，像一朵漫游的云，就那么走下去，带上你的眼睛就可以了。

一路之上，你可能遇见的事物有：

街道旁的树。树上托着好大一个鸟窝。

人家窗台上的花。花正开着，红艳艳的一簇。是风信子吗？你猜测着。

几个妇人蹲在家门口择菜，一边说着家常。她们的笑声如金属相叩。她们真快活。

一家冒着油烟的土菜馆，里面飘出大蒜炒牛肉的香味，直往人的鼻孔里钻。

路边一溜排开的地摊，卖青菜的，卖地瓜的，卖萝卜的……每个地摊后，都守着一张素朴的脸。这是城郊的菜农们，挑来自家长的蔬菜卖。

拖着一拖车橘子的男人，停在路旁，看见有人过来，就扯开嗓子，唱歌般的吆喝开来："走过路过，莫要错过，新鲜的大蜜橘哎，不甜不要钱咪！"

两只猫追逐着，窜进另一条巷子里去了。

一只小狗，独自散着步，它在这棵树下闻闻，又跑到那棵树下闻闻。

……

这些都是这个尘世里最生动的鲜活，是生命意义的一种，各有各的精彩。当你再归家，你的心情也许就不一样了，你也置身于这样的俗世之中，是其中的一粒鲜活。你有属于你的位置，不一定非得活得有多完美，你只要做好你自己，就很好了。

是的宝贝，你潜意识中在力求完美。曾经的你，一路拂着春风，像闪亮的一颗星，没少被人夸奖和羡慕吧？然而，从童年走向少年，再从少年奔向青年，你所接触的世界越来越大，"星星"们越聚越多，你没那么耀眼了，你没那么"拔尖"了，你的心里便有了落差。且升学考试那道槛拦在前头，你自由的心性，被束缚了。你想表现得像小时候一样"闪耀"，你想超过其他人，无形的压力，便像条绳索般地，扣住你，越扣越紧，于是你感到累了。你强烈怀疑自己，昔日的荣光，不过是吹出来的肥皂泡，看似五颜六色，转瞬却化为乌有。慢慢地，你希望不再，活力消失。你多想回到你的童年，蜷缩在里头，不要走出来。你在回避长大。

好了，现在咱什么也不要去想了，就做回儿童，驾一朵阳光，任意驰骋于天地间。当阳光的醇酿把你泡软，像泡梅子酒一样的，或许你也能达到"旷然忘所在，心与虚空俱"的境界呢。

试试呗，好吗？

你的朋友：梅子老师

198

NO.2

梅子老师

　　您好：

　　我没想到会收到您的回信。您那么忙，我以为你不会看我这个无名小辈的信的。

　　读了您的信，我真的很感动。我好久没有这么感动过了。谢谢您。

　　看您的信，真是件享受的事。大概比晒冬天的太阳还享受。您真可亲可爱，您说，"驾一朵阳光，任意驰骋于天地间"，我感觉您就像个孩子一样。真羡慕您啊，您的心中，一定住着个孩子。您说，"像泡梅子酒一样的"，把我看笑了。有一刻，我真的想走出屋子去，走到阳光下，驾一朵阳光而行。

　　或许真的是当局者迷，旁观者清，梅子老师您比我自己更了解我，您点醒了我。是的是的，自从升入高中以来，我就被无形的压力胁迫着，觉得自己哪儿哪儿都做不好，每天疲于应付作业，疲于应付各种学科检测，成绩也不尽如人意。我表面上什么都不在乎，其实，我什么都在乎。我在乎同学的看法，在乎老师的看法，在乎家人的看法……然后，我渐渐活得很没劲了。我不知道我为什么要这么活着，我不知道何去何从。

　　我有一个好朋友跟我一样有"病"（我被诊断为重度抑郁症），她也差不多吧。只是她没进过医院，她的家人不理解她，骂她装，她都死过两次了。我俩经常一起聊天，讨论死亡。不过我一次也没有真的去实施，每次我一说要去死，我的家人就吓得半死。我妈偷偷哭，我真的不忍心让她哭。可我管不住我自己，一个人活得没劲，这是没办法的事，我也想活得有劲啊。

我没有告诉您的是，我休学了。我实在怕去学校，怕见外面的人。

也许您说得对，我在回避长大。

可我要怎么去面对长大呢？我不喜欢现在的我，我不喜欢长大。

这几天，我们这儿挺冷的，还下了一场雪。我家里装着暖气，花狸猫整天赖在屋子里，不肯出去了。

我也好多天没有走出屋子了。

又絮絮叨叨跟您说了这么多，亲爱的梅子老师您千万别嫌我烦啊。

祝您身体健康，天天快乐。

您的读者：蜉蝣一粒

宝贝，你好。

我怎么会嫌你烦呢？我高兴还来不及呢，我多么幸运，能够得到你的信任。信任是无价之宝哦。

你那儿下雪了？多好啊！雪化了没有？如果没有，赶紧溜出去堆个雪人、雪猫或雪兔子什么的。我记得去年我们那儿下雪的时候，不知谁在一棵树下，堆了一只雪狐狸。夜晚我从那儿走过，它白白的一堆儿，端坐在树下，我总觉得那是只成了精的雪狐狸。我老在想着，睡梦中，它会不会来敲我家的门？后来，这只雪狐狸融化了，我惦念了它很久。那真是一段美好的回忆啊。

你也可以念念一些写雪的诗。我最喜欢李白写的："应是天仙狂醉，乱把白云揉碎。"哪里是天仙醉了，是他醉了才是！

白云的白，也敌不过雪的白。那是闪闪发光的白，是洁净无瑕的白。别看它一片一片绵软无力，可汇聚到一起的力量，是排山倒海的。一个世界，瞬间被它改了装，没有了色彩的分别，没有了高低贵贱的分别，所有的所有，它都赋予它们白，雪白的白。我们每个人，都是一片雪花吧，看似无足轻重，可美妙的"雪景"里，却有我们一分力量呢。

今年我是看不成雪的了，我在西双版纳过冬。这里的冬天，也如春天一般明艳着。满山都是三角梅。紫红的、大红的、粉红的、明黄的，沿着山脊，沿着人家的房檐，瀑布一般的，飞流直下。满山也都是羊蹄甲，花瓣儿又长又卷，"啪"一下，掉一朵下来。摔得很疼的样子。我跑去看，人家却没事人似的，躺在地上大笑，花瓣儿还是那么又长又卷，粉粉的。还有一种叫"飞机草"的，最天真烂漫了，成群结队，见缝扎针地长着，头顶淡紫色的小花，密密麻麻，远观去，紫雾一般。将来的某天，你若想出门看世界了，你一定要来西双版纳看看，这里有无穷无尽的天然美景，绝对不会让你失望。

我很惦念你的那位朋友，不知她现在怎么样了？代我问她的好。告诉她，向死不难，活着才难。倘若她有勇气好好活着，她是多么了不起的人哪。

今年冬天，应该还会下上几场雪吧。宝贝，到时，你和你的朋友，相约着出门赏赏雪吧。

我很期待，你们奔跑在雪地中的样子，一定美极了。所有的青春，都美得没有对手。

祝你今晚睡个美美的觉。

你们的朋友：梅子老师

NO.3

梅子老师

您好：

一遍一遍看您的信，中途哭了好几回。从来没有人像您这么对我说话过，从来没有。你不紧不慢，娓娓道来，就那么把我的烦躁抚平了。您把我带进一个美丽的世界，那里有花开得那么好。无趣的人间，因为您，变得有趣了。您是那么亲和，那么温婉，您一定是上天派来拯救我的天使。

喜欢您说的雪狐狸。于是我一直等着下雪，好亲手堆出一只雪狐狸给您看。所以，我好些天没给您写信，我是在等下雪。

我把您写给我的信，给我的好朋友看了（原谅我，没有经过您的允许），我的好朋友也看哭了。她说梅子老师肯定是个仙女。我骄傲地说，梅子老师当然是仙女。

我们都对西双版纳很向往了。因为您在那里，那里就发着光。梅子仙女（哈，我想这么叫您了），我们都喜欢您笔下描绘的一切，喜欢读您的文字。您的文字有股神奇的力量，真的，我也说不好那是什么样的力量，反正就是读了您的文字，心情就会好起来。

我要向亲爱的梅子仙女汇报，我这些天表现可好呢，我很乖地吃药，很乖地吃饭，很乖地睡觉，也没有做任何自残的事情。我妈的脸上，也有了笑容了。

我还找了些写雪的诗来读。今天我用书法抄下了唐代诗人王初的诗《早春咏雪》，我都好久没练过书法了。我发给您的图片里，就有我写的书法，您一会儿打开来看。我之所以抄下这首诗，是想您一定会喜欢它：

句芒宫树已先开，珠蕊琼花斗剪裁。

散作上林今夜雪，送教春色一时来。

有珠蕊琼花，有春色，都是您喜欢的小美好。

读诗抄诗，还真蛮享受的。谢谢梅子仙女，是您让我能够平静下来读诗抄读，并从诗中体会到人生之妙。

然后呢，然后今天就下雪了，哈哈。我听了您的话，真的约了我的好朋友，我们一起去雪地里疯。我是好久没出门的了，我一出门，惊动全家人，他们都小心翼翼看着我，不知我想干啥。我说我想去雪地里玩会儿。我妈立即说：好啊好啊，我们一起去。结果，浩浩荡荡一支队伍出门了。当我的好朋友到了，我妈他们很自觉走开去了。

我和好朋友很费力地堆了只您说的雪狐狸（看着不像哈，像一只胖胖的雪老鼠嘛，哈哈）。我俩抱在一起，和雪狐狸合影时哭了。本来应该笑的嘛，可不知道为什么笑着笑着就哭了。反正吧，就是哭了。梅子仙女您看到照片时不要觉得奇怪哦，您说过，所有的青春，都美得没有对手。我们哭着的样子，也很美的是吧？哈哈哈。对了，那个戴眼镜的系着蓝围巾的，是我的朋友。那个系着红围巾的，当然就是我喽。

很希望您能跟我们多分享点您在西双版纳的故事呢。会不会很打扰您啊？如果您忙，就不要急着给我回信。我会慢慢等的。

祝梅子仙女永远青春美丽！

您的读者：蜉蝣一粒

宝贝，你好。

好开心又收到你的信。很高兴听到你汇报你是那么乖，能按时吃药，按时吃饭，按时睡觉。多棒啊！药很苦吧？我最怕吃药了。从小到大，都怕。嗯，把身体养得棒棒的，这是现在你第一要做的事情。

你发来的照片，我都一一点开看了。书法我是不懂，但那字可真秀气飘逸，我很喜欢。包括你挑的那首诗，我也很喜欢。雪是春天的先锋队呢，雪一到，春天也就不远了。一想到春天，我的心里就有千朵万朵花开了。宝贝，时序轮回，永远叫人充满期待，我恨不得活上十生十世。

你们俩堆的雪狐狸，可真是只很特别的雪狐狸呢，它那么可爱，胖胖的肚子里，一定装了不少远方森林里有趣的故事吧？你有没有兴趣，动手帮它记下那些故事？我好期待下次你来信时，能听你说说它的故事呢。

你和你的好朋友哭着的样子当然也很美啊，两个青春美少女，无敌！多青嫩的年纪，多青嫩的容颜，哪怕皱着眉头也是好看的，如三月枝头鹅黄的嫩芽。我羡慕着呢。你看，你们正拥有着倾世的财宝——青春，你们多么富有！

我住在山上。我今天在山上捡落花了。羊蹄甲的花捡一些。火焰木的花捡一些。掉在路上的，我都把它们捡到路边，堆放到一起。我不忍别人去踩踏它们。当然，还有个另外的原因，我想让它们紧紧挨着，互相取暖。花如人，人如花，都是要靠一些温度才能活出美好来的。

我入住的屋子门口，长着一棵鸡蛋花树。它掉得一枚叶子也不剩了（说明冬天也光顾这里了），枝条光秃秃的，如僵死的蛇。可在那枝条顶端，却钻出花蕾来。对的，它们要开花了。我充满雀跃地等待着。鸡蛋花可好玩了，花瓣儿就像切开的煮鸡蛋，花朵也散发着好闻的清香呢。

我还新识得一种植物，叫"旅人蕉"。它长得可太有意思了，叶片巨大，直立，一左一右，分列于茎的顶端。一片，两片，三片，四片，就这么对称地摊向两旁，远观去，如一柄巨型折扇。叶柄则坚硬结实如木头，我上去敲了敲，敲得手疼。假如我扛着这样一把大折扇，走在大街上，会是什么风情？哈哈，只这么想想，我就乐得不行了。

更叫人惊奇的是，这旅人蕉，也是开花的！佛焰苞花。盛开时如同纸叠的纸鹤，颜色是淡淡的绿。自然界的万物好神奇的是不是？我们每天徜徉在其中，结识这些神奇，我们多幸运多幸福啊。

我深喜旅人蕉的名字。它是为旅人而活着的芭蕉。它的叶片基部可以储存大量的水，长途跋涉的旅人正渴着呢，看见它像看见救星，剖开它的叶柄，就能喝到甘甜的水了。它自己亦是个旅人，从故乡马达加斯加，一路走到中国来，走到西双版纳，是不远万里了。

好吧，今天我们先聊到这儿。对了，你们叫我"仙女"，我可偷偷捂着嘴乐了好久呢。女孩子都是仙女变的，你们是小仙女，我呢，是老仙女。

期待下次听到你分享你和你的好朋友一些有趣的事情。

代问你的朋友好。

拥抱你们！

你们的朋友：梅子老师

NO.4

梅子老师

你好：

不介意我称"您"为"你"吧？这样，我觉得我们的距离更近了些。

你不知道，看你的信，是多么叫我们愉快的事（我和我的朋友，现在生命里最重要的事，就是读你的信）。我祈求上帝，一定要让这么好的梅子老师，活上十生十世。

以前我从来不知道，我自己本身就是个美好存在（虽然我小时貌似很优秀，但其实我是个很不自信的人）。你说我们，"哪怕是皱着眉头也是好看的"，又把我们感动得哭了。是啊，我们拥有倾世的财富，我们青春无敌。

这些天，除了读你的信，给你写信（读你的信，和写信给你，对我，像过节一般的欢乐），我也读诗，写书法，昨天还翻了两回课本，做了两道数学题。吃饭、睡觉也都正常，一个星期不到，我都养胖了两斤了。

这两天出太阳了，我们的雪狐狸一天一天瘦了（为了看雪狐狸，我每天都出门一趟了）。它该回到远方的森林去吧。你让我记下它肚子里的故事，我还真的试着去做了，写了几则，不好意思拿给你看。等我文字再练得成熟些，故事再讲得圆润些，就给你看，好吗？说不定呀，我写着写着，也能成为像你一样的作家呢，哈哈。

你在西双版纳的故事，我真是看不够。羊蹄甲的花是什么样的？火焰木的花是什么样的？它们被你的手捡起来，它们该多幸运啊！你门口的鸡蛋花，现在开了吗？想到你说的花瓣像切开的煮熟的鸡蛋，我早上在吃煮鸡蛋时，自然就想到鸡蛋花了。我吃一口鸡蛋，就当吃了一口鸡蛋花，而且是梅子老师门口的鸡蛋花。我也感到很幸运很幸福了。

你说的旅人蕉，也让我向往了。如果有一天我遇到它，我会告诉它，知道吗，我们的梅子仙女可喜欢你了。

想到和你同在一个地球上，我就觉得很高兴了。

你放心，我会努力从病中走出来的，虽然我还是不大明白我为什么要活着。

我的好朋友最近出了点事，我问她她也不肯详说。她要我代她向你问好。

回报你以最热烈的拥抱！爱你，亲爱的梅子仙女！

你的读者：蜉蝣一粒

宝贝，你好。

我很乐意被你称为"你"而不是"您"，这说明，你把我当自己人了。

得知你又是读诗，又是写书法，还翻了两回课本，做了几道数学题，吃饭睡觉也都正常化了，我真是好开心。宝贝真棒！

咱们的雪狐狸，现在该回到它的森林里去了吧？关于它肚子里装的故事，你可以慢慢写，没准你还真能写出一本书呢。假如真的写成了，也是对这只雪狐狸最好的纪念吧。不急，想写的时候，就写两行。

每个人出生时，都生着一对想象的翅膀，所以孩子的心，容易雀跃，容易飞翔，上天入地，无所不能。他们每个人看上去，都那么活泼可爱，精力十足，世界在他们眼里，就是个万花筒啊，稍稍一转，就是一个奇妙。只是走着走着，有的人却把翅膀弄丢了。从此，他再也飞不起来了，他跌落尘埃，成了庸常。生活于他，就是日复一日的重复，心里无波，眼中无光，这样的人生，真的有些可怕。宝贝你知道吗，你把你丢失的翅膀给捡回来了，我真为你高兴！

我拍了两张羊蹄甲和火焰花的图片，随信发给你了。羊蹄甲分好多种的，这座山上长的，基本都是宫粉羊蹄甲。这种羊蹄甲还有个名字，叫"洋紫荆"。它的花期好长好长，从初秋，能开到春末。我夏天到广东去，路边见到很多，也都开着花。它一年四季都保持着旺盛的精力，很神奇吧？还有的羊蹄甲树上，一边挂着果，一边开着花。它的荚果是扁扁的，绿绿的垂着，模样像极了扁豆，是加长版的扁豆。一树挂着那么多长长的扁豆，也是挺有趣的。不知鸟们会不会半夜里起来，在树上架口大锅，摘下它们来，炖了吃。

　　火焰花在照片上你是不大看得出来它有多火焰。它的花朵雄踞枝叶顶端，橙红橙红的，恰如燃着的簇簇火焰。我每次看到它，都在想，如果它喊口号，会喊什么呢？"燃烧吧，火焰！"它一定会这么喊。我免不了要热血沸腾。人生如果能像它一样，这么燃烧一回，也是件非常带劲的事吧。我当更加努力，勤于读书勤于写作才行。

　　我屋门前的鸡蛋花已经开了，开了五朵，一股淡淡的糯米香，得踮起脚尖，才能闻到。我想闻了，就站到树下，踮一回脚尖。我一日好多回重复这个动作。等它一树都开满花了，我怕是能去跳芭蕾舞了。

　　这里还有一种好可爱的花，叫"粉扑花"。这名字就很有意思的对不对？给你留个念想，下次再介绍给你听吧。

　　我们为什么活着呢？在我，就是可以做有意思的事，看有意思的景，赏有意思的花，遇见有意思的人，吃有意思的东西，穿有意思的衣裳，听有意思的音乐，看有意思的戏剧……嗯，总之，生活是有意思的，我当然要活着。我说过，要活上十生十世呢。虽然有时我也有沮丧也有不快乐，但一想到睡上一觉，晨光又将开启一个新的世界，又将有很多有意思的事发生，我就又变得兴奋起来。多好，我们每天都能见到一个新世界。

宝贝，你没觉得这样活着很有意思吗？咱就这么活着吧。

我很挂念你的那个朋友，希望她一切都好。如果我能帮到忙的，请一定要告诉我。我在。

再次拥抱你们。祝你们今天开心！

你们的朋友：梅子老师

NO.5

梅子老师

你好：

读你的信，又把我读哭了。

你的信，每一封我都会打印出来，反复读，直到读到会背诵了，还是忍不住要读。你的每一句话，都有神奇的抚慰功能。我也说不好，反正就是读了你的信后，我有好长时间都会沉浸在莫名的幸福中。

我还准备了一本摘抄本子，专门摘抄你写的一些句子和段落。那些句子可真美，我觉得读你的信，我的文笔都好了许多了。我也愿意动笔写点东西了，雪狐狸的故事我也有写，我还给它按了个外传。我复制一段给你看啊，你可别笑话我。

在雪狐狸成为雪狐狸之前，它只是一棵不起眼的小雪花（天宫里种的一种植物，小而洁白，名字就叫"小雪花"）。天宫里的奇花异草太多了，都是些能文能舞香艳活泼的，只这棵小雪花沉默寡言，又貌相平淡，一身素白，常被人当成空气，忽略它的存在。这棵小雪花在天庭里便过得十分寂寞，十分自卑，整天只安静地待在一隅。直到有一天，它接到上帝的御旨，要它化成真正的雪花，降落人间，滋润万物。它当然是愿意的，这个寂寞的天宫，也没什么值得它留恋的。只是在临降落人间之前，它向上帝许了一个愿："让我变成一只自由奔跑的雪狐狸吧。"后来，它来到人间，历经辛苦，经受住一些考验，最终实现了它的愿望。

我在里面还写到梅子老师你，也写到我的好朋友和我，故事编得很幼稚是不是？

梅子老师，等你的信，现在成了我生命中最最重要的事。是你，让我重新捡起飞翔的翅膀，把童话请进我的内心。是你，让我有了活下去的动力，有了等待，有了期盼。是你，让我的眼睛里，重新有了光。

读你的信，就像你在我跟前，你所描述的一切事物，也都在我跟前。那羊蹄甲长长的荚果，小鸟半夜里会炖了它吃吗？看到你这么描写，我笑得趴到桌子上了。火焰花还会喊口号？我亲爱的梅子老师，你的灵魂，该是多么有趣啊！你比火焰花还要热烈，你就是一团照亮我的火焰啊。鸡蛋花散发出糯米香？我以后写作文，一定要把搬进去，这不算我抄袭吧？我想象着梅子老师跳芭蕾舞，那肯定比仙女还要仙女。

我的生活原是没有意思的，活着，除了难受，除了哭泣，没有别的事好想。可自从跟你通信以来，看到你那些可爱的文字，就像快乐的精灵，一个一个跳跃到我面前，慢慢地，我变得不那么难受了，不那么孤单了。我总是莫名其妙笑起来高兴起来，有时还情不自禁哼起歌来，会跑去弹一会儿钢琴。你给我带来那么多有意思的事，你的世界，就像个宝藏。我好比一个盗宝的人，盗了一个又一个，还不满足，还想要更多。所以，我一次又一次麻烦你，盼着你的信。这真的不会打扰到你吗（我知道你很忙，你有许多的书要读，许多的稿子要写，有时还要去做讲座）？

有件事，我一直想对你坦白，但我又怕你知道后，对我生了厌恶，嫌弃我的不诚实。因为我在你的一本书里看到过这样一句话：诚实和善良，是做人的底线。我纠结了好些天，还是决定对你说实话。

我出生的家庭确实很好，是很有钱的那种好。我爸爸妈妈都是生意人，他们起初是开超市的。后来超市越开越多，又做了房地产生意。他们赚了多少钱呢，我也不知道。他们的关系，却不是我说的恩爱，而是见面就吵，天翻地覆的那种吵。我爸在外头有了人，我妈在外头也有了人，两个人就是不离婚，直拖到我上高中时，才离了。当时他们让我选择想跟谁，我回答的是，谁也不跟。

从小他们就很少陪我，只把我扔给保姆。一年到头，一幢大房子里，就我和保姆两个人住着。小时我特别渴望他们能回家陪我，特别害怕寂寞，所以我拼命表现，什么都去学，练跆拳道啊学钢琴啊学跳舞啊参加小主持人培训啊等等。我天真地以为，是因为我不够好，他们才吵架的。只要我变优秀了，他们就不会吵了，就会回来陪我了。

我要学什么，他们从不反对，他们只要扔下钱就好了。我要去哪里参加比赛，他们会派上司机，派上一堆人来，他们却极少出面。连我的小学毕业典礼初中毕业典礼，他们也没有去参加。他们离婚后，我被判给了我妈。没人考虑我的感受，我就像个商品一样的，跟一幢房子一张沙发差不多吧。

是我得了抑郁症后，我妈才感到事情严重了吧。她回来陪我了，却把一切过错，都推到我爸身上，在我面前，三句话不离我爸，是怨恨加诅咒的。我很羞愧，一出门，觉得全世界都在笑话我。我想过考上大学后，远走高飞，再也不要见到他们。可我的成绩掉得厉害，我惶恐又焦虑，在这种情况下，我的病情加重了，常拿刀自残，一条胳膊都是伤痕累累的，不得不住进医院。给你写第一封信的时候，是我出院回家的第二天，当时我看到书柜里有你的书《愿全世界的花都好好地开》，那是我在读初中的时候买的。封面上印着你写的一句话：

> 每个人的心中都有一朵花。
> 我只愿，全世界的花都好好地开。

我对着这句话，哭得不能自已。当时我在心里问自己，我心里的那朵花，它去哪儿了？它没有了，它枯死了。连同我这朵花，也枯死了。

晚上，我找到你的信箱，对你胡言乱语了一通，并没指望你给我回信。你却在第一时间，非常认真非常温柔地回复了我。我只觉得有一道光，划破沉沉的黑暗通向我。

梅子老师，你会原谅我吗？

我还好想好想听你说说粉扑花的事。你是我的药。我这么说，也许太自私了。

我的朋友这两天我没联系得上，发了很多信息她都没回。我把你写给我的信，复制给她了，也不知她有没有看到。等她回了，我会第一时间告诉你的。

我想像你一样，有意思地活着。虽然目前还有些难度，但我会越来越好的。

你可以叫我"小玉"。我的朋友叫"晶晶"。谢谢梅子老师一直喊我们"宝贝"。从来没有人这么叫过我。

非常非常爱你的：小玉

亲爱的小玉宝贝，你好。

我把你的来信，认认真真读了好几遍，读得又欣慰又心疼。如果可以，我真想穿越过去，抱抱当年那个孤单的小女孩。一个人孤独地长大，很辛苦吧？好在，你长大了。

此刻，我的窗外，挂着一弯新月，锃亮锃亮的，像用砂石打磨过的一把银梳子。你尽可以想象，它这是要给大地梳头呢。一梳子下去，河流柔顺了，泛着银色的波浪。再一梳子下去，树木花草柔顺了，像镀了一层象牙白。一个世界，都被它梳理得服服帖帖，温温柔柔，没有了怨憎，没有了丑陋。虫子们快乐地唱起歌来，在鸡蛋花树上，在鸭掌木上，在一丛杜鹃花丛中，还有桂花树上。意外吧？在这小寒天里，还能听到虫鸣声声。桂花也忘了节气，任性地开了一树碎碎的花。香啊，香得没魂没胆无法无天。我就着这样的甜香，给你写信。当你读到时，说不定还能闻到它的香呢。再多的不幸与辛苦，因世上有这样的好香在，咱也可以原谅了，对不对？

我不会生你的气。我怎会生你的气呢，你是这么一个惹人疼爱的好姑娘。最初你没有跟我说实话，那没什么的，你不必放心上。换作我是你，我也会这么做。谁愿意一上来就揭开伤疤，毫无保留地让别人看呢？宝贝，你已经做得很好了。你已经很了不起了。

我们不能选择谁做我们的父母，这是最无奈的事。当我们降临这个世间时，我们就接纳了命运的这项安排。有运气好的，也有运气差的。倘若撞上坏运气，那怎么办呢？坦然收下呗。我们没有办法让世界适应我们，那我们就去适应它，并努力活出自我来。

父母再怎么不好，也终归是他们把你带到这个世上，并且把你养大，让你衣食无忧，这种本能的血缘之爱，是不可否认的。所以，不要对爸爸妈妈过多怨恨，成人的世界，也有很多身不由己。原谅他们吧，这也是放过你自己。何况你妈也回到家里陪你了，在她，应该做出了很大的牺牲。

当然，要让你一下子抹去记忆里的那些不快乐，很难，咱慢慢丢开好吗？多看眼前的事物，怜惜并热爱上它们，你便能活出另一个你来。趁着你妈在家陪你，好好跟她修复一下你们的关系。不要拒绝她，不要排斥她，把你的心里话，也跟她聊聊，让她能够走近你，了解你。十月怀胎是件不容易的事呢，你要以感恩的心待她，没准你们会变得像姐妹一样。我就恨我没有个女儿，要不然，我天天跟她抢衣服穿，天天偷她的口红涂。

你写的《雪狐狸外传》真是棒极了。继续写下去哦，说不定无意间你会写出一系列的雪狐狸，那该是多大的惊喜啊。生活不就是这样么，一个无意间，又一个无意间，连缀成丰富多彩。

答应过你，要说说粉扑花的事。我住的这座山上多这样的花，绿叶红花，特别显目，一开一大片。花朵的长相跟名字极配，像极了古代仕女化妆时用的粉扑，且手感极其柔软。我每见到它，都忍不住凑上前去，把脸蛋伸向它，让它摩挲摩挲。那是比温柔的小手指还要温柔上一百倍的抚摸啊。你看，很神奇吧是不是？这个世界的神奇太多了，所以这个世界才相当相当好玩。

宝贝，你也多出去走走吧，你会遇到很多好玩的事情。黄昏时，看夕阳西下，夜幕慢慢合拢起来，掉光叶的树像写意画，在夜幕下隐隐约约，也是很有意思的。当然，出门时要注意保暖。

牵挂你的朋友晶晶。请转告她，那条蓝围巾真配她，她系在脖子上，又恬淡又文静。等到夏天，她要是能穿上一件蓝裙子，一定美极了。

祝你们愉快！

你们的朋友：梅子老师

216

NO.6

亲爱的梅子老师

你好：

你信里的桂花香，我闻到了。真香啊。谢谢梅子老师，你让我的心里，浸着蜜。我们这里，又下了一场雪了。只是雪下得小，不多久就化了。我真想寄一片雪花给你呢。

前天我去看了医生，医生说我恢复得不错，让我减少用药量。我没告诉医生，我已偷偷停药一个星期。遇到你之后，我就不怎么吃药了。说真话，你真的是我的药。你对我说的每一个字每一句话，我都用心记在心上，并努力按你说的去做。我读书、写字、弹琴、上网课，也出去散步。虽走得不远，只在小区门口走了两圈，但我真的感到了快乐，我有着从未有过的充实。

我也坐在窗口等一个月亮爬上来。它真大真亮啊，孤傲得很。我想到梅子老师写的，像一朵水莲花开在天上。它可真像。我盯着看，看着看着，就觉得幸福得很了。因为这个月亮，也照着梅子老师。借着这一个月亮，我见到你了。我对着月亮发誓，终有一天，我会跑去见亲爱的梅子老师。

我跟我妈说到了你，我说了很多很多，把我妈的眼圈都说红了。我妈说，梅子老师真是一个好人。她一定要当面感谢你。我说梅子老师才没空见你呢。我妈说，那她就耐心等着，等梅子老师有空了。我妈第一次跟我讲了她的故事，我也是第一次才知道，我现在的外婆，并不是我的亲外婆，我的亲外婆早在我妈十岁那年，就死了。怪不得这个外婆我从小觉着不亲呢。

我妈很少回老家去，她说自从她的妈妈走了后，她就是个"孤儿"了。我亲外婆的死跟现在的外婆有关。听我妈说，那时，我现在的这个外婆和我外公搞起婚外恋，我的亲外婆一时想不开，就走上了绝路。我外公不管不顾，最终还是把她娶进了门。我妈一直跟她关系不好，十六岁就离开家门，一个人到社会上闯荡。她从捡垃圾开始，一点一点累积，最后开了第一家小超市。后来，有了连锁店。最多的时候，在我们这个地级市，我妈一口气开了十二家连锁店。也是这个时候，我妈认识了我爸。我爸是到她超市来应聘的，能说会道，人又长得帅，我妈被迷住了。他们后来结了婚。再后来有了我。再再后来，我爸喜欢上别的女人，跟我妈闹离婚。我妈想到我的亲外婆，她不想走我亲外婆的路，她坚决不离婚。等我爸跟别的女人的孩子都上幼儿园了，我妈才死了心。

梅子老师，成人的世界真的很可怕，充满了欺骗和自私自利。是不是我将来，也会遇到这些可怕的事？为什么人这么容易背叛感情？那我以后还能相信感情吗？

原谅我梅子老师，我把这些负面情绪带给你了。

我的好朋友晶晶最近有点麻烦，她闹病，不肯去学校，被她爸押着去了。然后，她就去跳楼，幸好被老师和同学及时拉住。但还是受了点伤，住进医院了。我把你的信转给她了，她看哭了。她说，她怕是等不到夏天穿上蓝裙子了。

生活充满太多的无奈，梅子老师你的存在，就像一个奇迹。

因为有你在，我会多相信这个世界一点。我也会让晶晶多相信这个世界一点。

祝梅子老师永远青春年少。

很爱很爱你的：小玉

亲爱的小玉宝贝，你好。

得知你的身体恢复得不错，不怎么吃药了，我真是开心极了。我要送你一朵大红花！宝贝，如果能不吃药，咱就尽量不要吃。是药三分毒，天天吃药，对身体也是损伤。

非常欣慰你的生活日渐充实，每天都有事情做。我们的内心，是因为充实而快乐。宝贝，我希望你是快乐的。

这个世界确实不够完美，但你肯选择多相信它一点，我为你感到高兴。每一个认清世界的真相，还对它保持热情和热爱的人，都是英雄。宝贝，你也是个英雄呢。

你和你妈的关系有所缓解，真好。你们才是血肉相连的至亲之人，是你中有我我中有你的，理应相亲相爱。

原谅妈妈从前对你的忽略吧，她一路走来，浑身是伤，活得委实不易。现在，她需要你的帮助呢。别惊讶宝贝，你妈也很脆弱，我希望，你能成为她的“药”。过去种种，她背在身上，实在太过沉重。你要好好陪着她，给她安慰，让她慢慢放下那一些吧。昨日再多不堪，也已成往昔，你们拥有的今天，才是实实在在的，请善待和爱惜，活出一个光鲜明亮来。

成人的世界里，是有欺骗有背叛。然而，那只是极少的一部分。自然之物，大多向阳而生，人心向善，而不是向恶。阳光和善良，才是这个世界的主宰。

前天我在澜沧江边散步时，遇到从东北来的一对老夫妇。老太太坐在轮椅上，近八十岁的人了，看上去一点儿也不像。她面色红润，眼眸清亮。她说她瘫痪十二年了，都是她老伴在一旁服侍。"每年冬天，他都带我来这里过冬。我喜欢每天外出散步，可冬天在东北散不成步呀。这里暖和，所以他就背着我来，像候鸟一样的飞呀飞。你看，他的背都驼了，那是背我给背的。"老太太快人快语，带着小女孩似的俏皮，神情愉悦。说话时，她的脸，一直朝着老先生。老先生则微微倾了身子，听着，无比宠溺地望着她。

我深深被打动。他和她，让我看到爱情最美的样子。芸芸众生，有多少平凡的生命，在书写着不平凡的爱？这是我们眷恋这个世界的理由之一吧。

小玉，这世上，每个人的出现，都是有原因的。有的人来，是为了教会你善良，教会你热爱。有的人来，则是为了教会你坚强，教会你宽容。我们从好人身上得到温暖，从不好的人身上得到教训。将来的一天，你也许也会遭遇欺骗和背叛，但请你无论如何都要相信，这世上，爱，永远在。人类之所以能够世世代代生生不息，正是因为有爱在。

祝福你，亲爱的宝贝。

告诉你妈妈，有缘的，总会相见的。代问她的好。

你的朋友：梅子老师

PS：附一封给晶晶宝贝的信，请你转给她。

晶晶宝贝，你好。

我想我们已经很熟悉了。

照片上，你围着蓝围巾的样子，我记忆深刻，纯美得如同一朵矢车菊。

我也颇喜欢蓝色，尤其是这种矢车菊一般的蓝。我会想到安徒生童话里的小美人鱼，她是住在矢车菊一般深蓝的海的深深处的。孩子，你知不知道，青嫩的你，就是一个童话一样的存在啊。

听小玉说了一点你的事（别怪她呀，是我问她的），心里放不下了，一直记挂着。传说里白蛇修炼成女儿身，要费上一千多年的时间。那么你，又是多少年才修来一个女儿身？得好好珍爱着才是啊。

你的生活里，有风来袭雨来摧，可也有光来照的，不是吗？你还有小玉这个好朋友。如果可以，你不妨把我也当作你的朋友。你看，河边的柳枝上，已有新芽爆出。衰败的枯草根部，已有了茸茸的新绿。漫长的冬天，就快过去了。而春天，已扛着无数的姹紫嫣红而来。

晶晶宝贝，咱等一等春天好吗？

这里是你的"树洞"，我在。

你的朋友：梅子老师

NO.7

亲爱的梅子老师

你好：

久违了！

掐指算算，我们"分别"也才十三天而已，但我，觉得隔了好长时间呢，我这是一日不见如隔三秋哈。

其实，我还是天天"见"你的。在做功课累了的时候，在心情有些烦闷的时候，我会想，梅子仙女会在做什么呢？她回家了没有？她还在山上看她的那些花吗？又或者在埋头写她的书？那时，我会打开你的信，打开你的书，你的文字，总会让我很快平静下来。

我是恨不得天天给你写信，恨不得天天读到你的信。给你写信和读你的信，对我来说，都是幸福得不得了的事啊。但我抑制住了，我不能这么贪了。我妈也说，不要过分去打扰人家梅子老师，人家还有很多别的事要做。我想也是啊，梅子老师又不是我一个人的梅子老师，她是很多人的梅子老师。所以，实在忍不住的时候，我才给你写信吧。你忙，不一定要回复我的，就当我是瞎叨叨。

这次，我要告诉你一个好消息，我已经完全，不——用——吃——药了！这是真的！我好像做了一场大梦，回望过去的自己，有种种不真实之感。

上个星期，我去学校参加了期末考试，这个星期，成绩出来了，你猜我考得怎么样？我的语文考了年级第一耶！这得感谢梅子老师你，因为读你的书，因为与你通信，因为写雪狐狸，无形中训练了我的语感和文笔，这是意外之喜吧。其他几门学科，除了数学失分较多外，英语、物理、化学、生物都还好，在年级的名次，都能排到中等水平。一场病倒让我的脑子变得聪明清晰多了，这也叫塞翁失马，焉知非福。

我妈最近跟一个叔叔走得很近（他们其实老早就交往了吧）。我对那个叔叔不反感，但也没有多大好感（他也是离婚的，有个上初中的儿子，那小子我见过两次，太皮了，弄坏我的运动表，不喜欢）。我妈说她要为自己活一次。我觉得这话没毛病。正如梅子老师你所说，每个人都首先要爱自己，才能爱他人，爱这个世界。所以呢，我对我妈说，她的事，她做主，我不会反对。我妈听了，挺感动的，她向我保证，属于我的财产啊什么的，一分都不会少，她以后的生活不会影响到我。唉，大人的世界里，钱是最重要的吧。

我们这里的天气回暖了不少，今天室外温度都到十度以上了。小区里的白梅红梅都开了，春天是要来了。也是啊，还有几天，就过新年了。梅子老师你在新年里有什么打算呢？我可能要恶补一下数学了。突然对未来，充满了想象，等我考上理想的大学，我就可以美美地跑去见我的梅子仙女了。

最后，说点晶晶的事。上次你写给她的信，我打印出来，带给她了。她的病有些严重，已握不了笔写字，一动弹就呕吐。她的父母也终于意识到问题的严重性，再不敢强迫她做任何事了（她爸爸是个大学老师，人很强势很霸道）。她现在就在家养着病，她妈妈还抱了一只小狗陪她。她说非常感谢你，你给她绘制了一个蓝色的梦。她说她会试着爱自己这个女儿身，狠狠爱。等她好些了，她就给你写信。

你放心，我会时刻关注着她的。

这次又絮语了这么多，梅子老师可别嫌烦啊。

祝亲爱的梅子老师新年快乐！祝你今年二十，明年十八，越活越年轻！

非常非常爱你的：小玉

亲爱的小玉宝贝，你好。

非常非常开心，你不用吃药了！这是你的伟大胜利，是你战胜了你自己！请给自己一个大大的拥抱吧。谢谢你救赎了你！

你的文笔本来就很好啊，语文功底扎实着呢，所以你语文考第一，我一点儿也不意外。但还是要大大恭喜你，真的好棒！数学嘛，我都不好意思说，我当年比较差的就是数学了，还有一门功课叫物理。至今听到"物理"两个字，心都要战栗一下子。简直是我的噩梦嘛。你比当年的我强多了。恭喜！

妈妈的事，你不干涉是对的。她有她的阅人标准，有她的情感倾向，她受过伤，再对待婚姻，会很慎重的。对那个叔叔，你可以不喜欢，但要保持必要的尊重。毕竟他是要跟你妈妈牵手的人，在名义上，也是你的爸爸，他的儿子就是你的弟弟了。只要不是原则性的问题，能原谅的，尽量原谅。能宽容的，尽量宽容。

又，人是感情动物，相处时间久了，处出感情来了，成为真正的一家人也说不定呢。成人的世界，除了钱，也讲情，两个都不能少。一个滋养我们的肉身，一个润泽我们的精神。

你那里的白梅红梅都开了呀！我在这里想想都很美好。真为你高兴，你的眼里，有了色彩。知道吗，人类的眼睛能分辨出一千万种颜色呢，我希望你能发现越来越多的色彩。你的生活，便会多出许多乐趣。

我还住在山上，想等到春暖花开时，跟春天一起回家。

在山上，我日常也就是读上几页书，写下几行字，画一两张小画。大部分时间呢，我爱去山里瞎转悠。最喜欢到少有人迹的荒径去，那是野草、野花和蚂蚁的家。一进入那样的地方，我身体里的每个细胞便都充满了欢愉，有灵魂得到大解放之感。多好啊，夜里露水到访过。月亮、星星也到访过。它们在这里举办过舞会的吧？我看到鬼针草和蓝花野茼蒿的小脸上，兴奋的红晕还没完全消退。

跟你说说鬼针草吧。它们喜欢热闹，也很团结，总是三五朵挨在一起开。五瓣小白花，中间捧出个结实的黄花蕊，模样清秀，有点像小野菊。它为什么叫"鬼针草"呢？盖因它的果实是带了针的，密密的，跟个刺猬似的，这让它染上一丝诡异色彩。或许它本身的性子就刚烈着。植物的世界里，也各有各的性格的。

蓝花野茼蒿太美了，像个落难的小公主，纵是陷身荒芜，也难遮它的昳丽出尘。它有着长长的花茎，每一枝花茎上，顶着一"朵"蓝紫色的小花，这"朵"小花，其实是由无数朵小花簇生而成，像颗蓝色的珍珠。因晨雾的氤氲，花朵上晶晶莹莹，看上去，越发像颗奇珍异宝了。它的家园远在热带非洲、马达加斯加一带。它是怎么跑到西双版纳落户的呢？是乘着风而来，还是被哪只飞鸟带来的？不得而知。我因有它在，这座我待着的山，便更是显得不同凡响。我确信，在这座山上，我是见到它的第一人。此等缘分，叫命中注定。或叫不早不晚。

新年里我大概也就是看看书，写写字吧，再在山上转转。对我来说，每个日子都充满欢喜，新年也是一样。你呢，适当放松放松吧，别一下子把自己压得那么紧，数学慢慢补，尽力就是了。过年的时候，也给自己放两天假，追追剧什么的未尝不可，一张一弛乃文武之道。

未来很美好，我们一起向着美好奔跑吧。

代问晶晶宝贝好。祝她早日康复！

过年快乐！

你们的朋友：梅子老师

NO.8

梅子老师

您好：

我是晶晶。

感谢您的出现，在我最灰暗最阴霾的时候，您像一束光，照亮了我。

初中时，我也在老师的推荐下读过您的书，做过您不少习题。

只是那时，我对一切强加于我身上的事情，本能地有种抗拒，所以并没有认真去读，很对不起您。

真正走近您，是从小玉那里。我和她是初中同学，我们都是在黑暗里徘徊的孤独的孩子，四处冲突，渴望光明，却找不到光。小玉很幸运，她得到您的回应，您那么温柔，那么有趣，那么真实，一点也不装腔作势，您成了她的摆渡人。我偷偷羡慕着小玉，和她一起读您的信，想象那也是写给我的。我甚至幻想过你拥抱的温度，做梦梦见过您来看我，您笑着，笑得那么甜那么美那么灿烂。您对我张开双臂，鼓励我，宝贝，没事，到我的怀抱里来。我笑着醒了，脸上淌满了泪。这样的美梦怎么会有呢？我从不敢奢望能和您说上话，通上信。我觉得我不配。

我不知道我的父母为什么要把我带到这个世上来，从小他们对我就是各种嫌弃，我做什么他们都看不顺眼，我总是无法达到他们所要求的目标。尤其我父亲，对我轻则辱骂，重则皮鞭伺候。他那么高智商有本事的人，却养了我这么个草包学渣脑残低能弱智狗都嫌的孩子，我能有什么办法呢？我就不配在这个世上活着，活着也让他们丢脸，让他们在人跟前抬不起头。我那么渴望死掉，如何死掉一度成了我要做的最重要的事。可笑的是，我那个伟大的父亲到这时，还骂我作，强迫我去学校，强迫我去补习。

我万念俱灰的时候，读到您托小玉转交给我的信。您在信里说："孩子，你知不知道，青嫩的你，就是一个童话一样的存在啊。"您还说："传说里白蛇修炼成女儿身，要费上一千多年的时间。那么你，又是多少年才修来一个女儿身？得好好珍爱着才是啊。"您不知道，当时我读到这样的话，是怎样震撼，一颗心都被震疼了。我慢慢想啊想，我想明白了，当我降落到这个世上时，我就与父母无关了，我就是一个我，是前世修炼而成的一个我。我突然想好好吃饭，好好吃药，好好看病，我要尽最大努力，等着春天来。

春天真的来了，万幸我没有死掉，还能和您说上话。这给了我力气，能够握笔画画了。我喜欢画画，以前只能偷偷画，我的父母从不支持这个的，认为那是耽误学习不务正业。我在家养病的这段日子，我母亲终于对我作出让步了，说不再反对我画画。如果我想去学画画，她愿意送我去的，只要我喜欢做就好。我父亲虽没有明确表示什么，但他也没有反对，他已经失望了吧，反正我都这个样子了，考大学是不指望了，那就随我去吧。

我现在精神好的时候，就画画我家的狗，也不用外去面对各种探究的目光，父亲也不会再骂我打我，我完全自由了，我好像有些幸福了。只是不知道这样的幸福，会维持多久。对未来我也没有什么打算，先这样吧。

给您看一下我画的狗吧。您打开图片可看，我用美图秀秀略做了些处理，用了您喜欢的矢车菊蓝做背景了。我屋子里挂的窗帘，也换成了矢车菊蓝的。

谢谢梅子老师愿意做我的树洞。祝愿梅子老师天天幸福！

晶晶

晶晶宝贝，你好。

很高兴收到你的来信。很高兴，这个春天，我们在，你也在。

我住的山上，日前炮仗花开得最热烈。你也许没见过这种花，它太好玩了，真的就像一串串燃着的炮仗，在为春天的到来庆贺。它又名"火烧花"，也挺形象的。在傣语里的称呼是"鸾缤儿"，这几个字的组合实在美妙极了，它的确像极了缤纷的凤凰啊。这里的傣族人喜欢以花入馔，他们把这"鸾缤儿"炒着吃，炖着吃，炸着吃，一碗的缤纷，入眼又入心。要是你见着了，没准会忍不住拿画笔把它画下来。

你那里，又都开着什么花呢？梅花开烂了吧？玉兰也该开了，海棠、李花、紫荆也该上场了。春天是要镶在画框里看的，随便截取一段，都是一幅妙不可言的画。

你画的小狗真棒，形神俱备。你这天赋可真了不得。我想，如果你愿意走出家门，到大自然里走一走，你的笔下，将多出多少美好的春天啊。爱自己的方式有很多种，爱上画画，也是一种。继续画下去吧宝贝，画着画着，就能画出属于你的一片天。在那片天空下，你是你的君王，你是你的天使。到那时，我要邀请你做我的新书的插图师，你可愿意？你也可以为别的人的书画画插图。或者，你也可以画画绘本呢，给无数的孩子带去美好。

对你的成长遭遇，我不知道说什么才好。宝贝，你受委屈了！来，拥抱一个。命运已然如此，我们无法改变它，那就收下它，在困苦中修炼自身，然后，想办法超越它。早晨读书时，我刚好读到这样一句话："每个孩子，都是来度父母的。"宝贝，你也是来度你的父母的，他们有着太多不完美，需要你去一一度化。这么一想，你是不是有些释然了？

咱不愿意想未来，那暂时就不要去想。所有的未来都是由今天构成的，我们过好今天就好了。我希望今天的你，吃饭要香，睡觉要香，脸上要挂着笑，心里要住着春天。

我在春天倒是有些着急地想着夏天的事了。夏天可以穿上长长的蓝裙子去看荷花，还可以去我的"秘密花园"捉捉萤火虫。我有个"秘密花园"在城郊，那里植被茂密，少有人走动，夏天会有萤火虫在里面出没。

等一等，春天过去，夏天也就来了。

晶晶宝贝，我们再一起等等夏天好吗？

你的朋友：梅子老师

NO.9

梅子老师

您好：

没想到这么快就收到您的回信，我有中大奖的感觉。谢谢您，梅子老师。

"每个孩子，都是来度父母的"，听您这么说，我大哭了一场。我的身体里，积蓄了太多太多的泪，我终于找到机会，让它们痛痛快快流出来了。谢谢您，梅子老师。

我得的病，是我自己没办法控制的，有时会突然烦躁起来，没来由地想砸毁一切，伤害了自己也不自知。过后我也有后悔，是啊，要不是您让我再坚持一下，我是走不到这个春天了。想想这个春天没有我了，心里还是吓了一跳的。我会尽量控制自己吧，在我无法控制的时候，我会多想想您的话，再等一等，夏天也就来了。我也要穿上长长的蓝裙子去看荷花。我会好好吃饭，好好睡觉，让脸上挂着笑容，让心中住着春天的。

或许有一天，我也能到您到过的山上，看那些开得如缤纷的凤凰一样的炮仗花。我在网上搜索到它的图片，画了几枝炮仗花，发给您看看，不知可还画得像？

谢谢您，我正在调整我自己。我母亲建议我去拜个专业老师学画画，我同意了，不日便去吧。我的父亲大人还帮我买了一套画画用的工具，虽然他还是不与我说话。母亲把原先的衣帽间，改成我的小画室了，我可以一整天躲在里面。我还养了一只小猫叫"花花"（因为梅子老师喜欢花嘛），还给它买了漂亮的小窝。我也去看春天了，看到好多樱花了。

谢谢梅子老师！生命中有您，有春天，我会好起来的。

晶晶

晶晶，你好。

又一次被你的画惊艳了，你画的炮仗花，真的太美了。好孩子，你真的很有绘画的天赋呢。好好利用它，别浪费了。

有个哲学家说，认识你自己。人这一辈子，有多少人能真正认识自己呢？你却做到了。知道自己喜欢什么，并做了下来。祝福你！前路未必都是坦途，但只要守住自己，就能走出你的圆满。

其实，每一个个体，都是生命的圆满。你就是这个样子的，你就派这个样子的，孤独也好，热闹也罢，属于你的，就是这独一份的。你躲在画室里画画，你走出去看春天，你陪着你的小猫花花玩耍，都是生命圆满的一部分。

在画画的同时，我还建议你多看些书的。我最近在读蒋勋的《池上日记》和《蒋勋和他的〈红楼梦〉》，真有春风拂面之感。我也推荐你读读日本女作家安房直子写的童话，真是美得一塌糊涂。你可以用书籍，为自己搭建一个精神花园，你想长玫瑰就长玫瑰，你想长牡丹就长牡丹，你想有十里荷香，就有十里荷香。在它里面，可以盛放你所有的喜怒哀乐。

每个晚上，我都要去山上转转。山上星辰，密如枣树上的蜜枣，我想送你一颗，当作礼物。我们的生命里不单单有春天，还有很多的日月星辰，碧水清风。愿你爱上生命，爱上你自己，且永远不离不弃！世界很大很大，等着你去看。

PS：想你穿上长长蓝裙子的样子，一定美好极了。

你的朋友：梅子老师

NO.10

梅子老师，你好呀。

你的宝贝小玉又来报到了，很想很想你啊。

春天都快过去了，亲爱的梅子老师有没有回家呢？

烦恼的时候，我就想想你所在的山，想想你说过的羊蹄甲、鸡蛋花、火焰花、粉扑花、鬼针草、蓝花野茼蒿，还有你走过的那些路，心里就又注入一股力量，我要去看你看过的花，我要去走你走过的路，我要成为像你一样的人。

我刚刚经过了一模考试，结果怎么说呢，不好也不坏吧（语文成绩这次掉了点名次，不过位置还是挺靠前的）。寒假里虽恶补过数学，但一到考试，一拿到题目，就容易慌神，导致会做的题也不会做了。所以，数学还是我的拦路虎。

有时我的方向挺明晰的，考上大学，做自己想做的事。但又不晓得自己能做什么，便又糊涂了。我妈建议我，大学里可以学学工商管理，以后好接手她的公司。我对做生意什么的，一点兴趣也没有。我偷偷告诉你啊，我想和你一样，做个作家。这算是我的梦想吧。

我有时对未来挺向往的，有时又挺害怕的。这很矛盾吧？但总的来说，我的情绪还算稳定吧，再没有想过不好的事情。这点梅子老师尽可以放心，我如果做了不好的事情，也对不起你啊。我对自己发过誓的，坚决不做对不起梅子老师的事。你说过，"所有的青春，都美得没有对手"，我把这句话抄下来，挂在我的房间里，当我的座右铭了。

前天我过生日，我爸来找过我，买了条钻石项链带给我做礼物。我爸对我说了许多抱歉的话，我出生这么久，他都没对我说过这么多的话。我早先恨他的心，竟一点一点软化了。他后来托我请我妈出去，一家人一起吃顿饭。我妈回绝了。后来我爸走了，我妈告诉我，说我爸生意亏了，原先的积蓄早就被跟他相好的女人偷偷转移了。我妈拍着手说：这叫报应不爽。我听了，心里很不是滋味。但又确实不能怨我妈，我妈是个受害者。唉，成人的世界太复杂，还是随他们去吧。

悄悄告诉梅子老师，我也有喜欢的人了，隔壁班的一个爱打篮球的男生。我们在高一的时候就认识了，我记得很清楚，那是个周五的黄昏，我坐在操场边默默流泪，他路过，递我纸巾，陪我坐了很久。后来我生病在家，他是唯一一个发信息问我过得好不好的人。我们互相表明心迹是最近的事，因为要毕业嘛，同学之间隐藏的情感，能表达的，都表达出来了，大家都有过了这村就没这店的感觉。他成绩不算好，他说他可能考不上本科，可我不介意啊。因为他，我觉得我的数学学不好，倒也不算一件坏事了。

梅子老师你认为我现在谈恋爱是对还是不对呢？他对我很好，很保护我的，我跟他在一起很快乐。

周末的时候，我和晶晶见了一面，她跟我说了和你通信的事。她说你希望她"吃饭要香，睡觉要香，脸上要挂着笑，心里要住着春天"，我有点吃醋呢，本来梅子老师是属于我的，现在却分给她了，哈哈。她现在只偶尔发病，大部分时间都是好的，也专门拜了个老师学画画，上星期还出了趟远门，去了北京一家画院美术馆。她说等她学成了，想尝试给你的文章配图呢。

不知不觉又说了这么多（一跟你说话，我就刹不了车了），夜深了，我要去睡了。梅子老师晚安！想你365天！

爱你的：小玉

小玉宝贝，你好。

很高兴看到你这么活蹦乱跳地向我奔来呀。

我回来了。没有耽误看家里的花。桃花看了。梨花看了。菜花看了。海棠花看了。又迎来蔷薇破。满城的蔷薇好像商量好了似的，一夕间全撑破花苞苞，把些粉的颜色红的颜色，撒得到处都是。一朵蔷薇诉说着一种美，千万朵蔷薇就是千万种美。小玉，如果你以后再遇到烦恼遇到不开心，就多想想花吧。每一朵花的绽放，都是历经了一枝一叶的修炼，你可以通过它，找到通向美和快乐的钥匙。

一模考了之后，还有二模三模吧？对高考生来说，考试应该是家常便饭了。既是家常便饭，那就上什么吃什么呗，紧张了做什么呢！放松，以平常心态应对，说不定那些数学题，就如同吃豆腐一样容易呢。

你现在偶尔想想未来，是可以的，但不要纠结于那个虚拟的结果。结果总要等行到跟前才知道的，所以，不要让自己背负着思想包袱前行。将来是进你妈妈的公司，还是做别的事，不是现在立马就要做出决定的，等一等，等你考上大学后再说吧。到那时，你可以有大把时间权衡，能够从容地望向自己的内心，遵从内心的呼唤。我相信，你会找到一条适合你走的路的。

你对爸爸妈妈有了同理心，说明你长大了。有个成语叫"覆水难收"，你爸你妈的情况，当属于此。

你有喜欢的人了？真是好啊。青春年少时，谁没有几个喜欢的人呢？不然，岁月多么苍白！它无关功名利禄，无关世俗门第，喜欢的理由，很简单，很清纯，也许是轻轻一笑，就入了心。那么，喜欢着吧，珍惜这一段相处的好时光，不伤害对方，亦不自伤，一起朝着美好奔跑。等以后过了千山，涉了万水，你也许会喜欢上别的人，他也许也会。但这段纯真的时光，将是你们一辈子的珍藏。

晶晶是个很有灵气的好姑娘，你也是。你们将来一个写，一个画，完美搭配呢。人的一生会遇到很多很多人，但真正能陪着自己走一段岁月的人，却很少很少。你们见证了彼此的青春年少，真是难得。我希望，你们的友谊，会再长一些，再再长一些，做一辈子的好朋友。

祝福你们！

对了，送上一个迟到的生日祝福：宝贝，生日快乐！天天快乐！

你们的朋友：梅子老师

NO.11

亲爱的梅子老师，你还好吗？你最近都在忙些啥呢？小玉想你了。

谢谢你，在高考最紧张的那段时期，给我发来短信，让我倍感温暖。如果不是你一直鼓励我，我都不知道怎么熬过那段日子。

高考成绩出来后，我是想第一时间告诉你的，可我又觉得没意思了。因为，我不够好吧，我没有考上本一，只得上了个本二。我怎么能以不好的面孔，出现在我最喜欢的梅子老师跟前呢？

我郁郁寡欢了一个夏天。夏天还出了一档子事，我爸进了医院，肝癌。我妈说他是自食其果，日日笙歌，纵情酒色，铁打的身体也扛不住。我妈虽然这样说了，但还是去医院看他了，还留下来照顾他。我突然对人世的情感有了另一番理解，哪有什么彻底的两不相干呢？超越爱情之上，还有善良的人性在发光吧。我忽然有些敬佩我妈了，假如是我，我怕是做不到。

我妈对我说，我大了，以后我的路，我说了算，她会给我提供足够的物质支持。我有了不忍心，我患病那两年，没少拖累她，她才四十五岁，头发好多都白了，都要用染发剂来遮盖了。我在填报志愿时，报了个商学院，或许以后能帮到我妈吧。现在入校已一个多月了，也渐渐适应了大学的学习节奏，参加了两个社团，其一就是文学社团。我记得对你的承诺，我还要继续写我的雪狐狸。

你想不想知道我参加的另一个社团是什么呢？是野外观察呀。观察啥呢？大自然里的动物和植物们。这是受你的影响，是你让我爱上了大自然。你说得没错，"没有什么忧伤，是一朵花治愈不了的"。我的室友在我的影响下，也喜欢花。我们养了好多盆，四个人的宿舍，变成了花房。你要问我最愿意待的地方，我的回答：第一是大自然，第二就是我们宿舍。再多不开心，一回到宿舍，看到那么多花儿在笑，就又变得开心了。

在大学里，我还迷上了两个人的作品，一个是苏轼的，一个是汪曾祺的。在你的书里面，我不止一次看到你提及这两个人。读他们的作品，有种豁达，有种悠闲的韵味，那种骨子里对生活的热爱，和梅子老师你很相像哎。我喜欢汪曾祺说的：我们有过各种创伤，但我们今天应该快活。

是啊，我们今天应该快活。相信我会越走越好的吧。

我喜欢的男孩子，去了另一个城市读大学。周末的时候，他有坐动车来看我。我们有没有未来我不知道，但我们今天应该快活。

我和晶晶一直保持着联系，我们常常在网上聊天，每一次都会聊到你，没有你的出现，不知道我们今天会是怎样的呢！你是发光的一个人。她目前还在吃药，但病情控制得很不错了，从夏天到现在，基本没有再犯过病。最近她刚接了一份杂志的约稿，要画插图的。她说压力山大。她画的美少女也非常好看呢。

谢谢梅子老师路过我们的青春！终有一天，我会光彩照人地出现在你面前。

祝梅子老师永远年轻！

爱你的：小玉

亲爱的小玉，你好啊。

我最近挺好的。我一直挺好的。每一天都是新的嘛，每一天我也都如初生，兴致勃勃地吃饭，读书，写字，看天看地，听鸟鸣虫叫。

得知你的现状，我无比欣慰。我看到一朵花开的样子了。嗯，美得没有对手。

你高考的情况，早前晶晶跟我说了，你不要埋怨她，是我问她的。你一直没吭声，我有些不放心。夏天时，晶晶终于穿上长长的蓝裙子，拍了照片发我。果真如我所想象的，美得很。

你妈和你爸能达成和解，这是好事情啊。在选择原谅的同时，你妈其实也放下了心头的沉重。她解放了她自己。我们所谓的人生，就是在不断谅解中，最后走向圆满的吧。谅解自己，谅解他人，谅解这个世界，我们的境界，才得以升华。祈愿你爸爸有奇迹发生，能够早日恢复健康。

你参加的两个社团，都是相当生机勃勃的啊。愿你投身其中，如鱼得水。

宿舍成了花房？光想想就美得不行。我似乎都闻到那些花香了。每天有花香伴你们入眠，唤你们晨起，不啻小神仙啊。不知你们有没有养两盆丽格海棠和瓜叶菊，好养，花又多。到它们盛开的时候，花一朵一朵吐出来，就跟喷泉似的。颜色也是好颜色，每天都会有惊喜。我最近搬了两盆回来，长势汹涌。

你喜欢苏轼和汪曾祺，我很为你高兴。这两个人的作品，值得一读再读。他们旷达，他们疏朗，他们有颗孩童的热爱之心，再多的磨难，他们也从不沉溺其中委屈自己，而是努力昂起头来，欣欣向荣着。他们活得真实，活出了自我。苏轼说，人间有味是清欢。汪曾祺说，世界先爱了我，我不能不爱它。是啊，人间处处皆有好味，我们如何能不深爱？我们今天要快活。

你喜欢的男孩子还喜欢着你，多好。你要做的是珍惜，珍爱，并报之以真心。祝福你们长长久久！

晶晶的病有所好转，这是我所期望的。我相信，她也会越来越好的。每一个热爱生命的人，都是闪闪发光的人。你是。她也是。

秋已至，大自然又要摆下丰盛的宴席了。大戏早已排好，那是叶子们的。它们红的黄的戏服已换上，正在描着唇画着眉，一年一度的告别演出，即将隆重地揭开帷幕。人是最有福的，大自然的热闹一茬接一茬，享不尽。我们唯有不辜负，才是对这份恩赐最好的报答。

宝贝，请永远保持热爱。

我会等着你来见我。

祝你大学生活顺利，天天愉快！

你们的朋友：梅子老师

清水出芙蓉

梅子老师

　　您好：

　　我自从上了初中后，就在语文学习写作文上有很大的困惑，因为我知道初中语文追求的是什么。在老师讲作文的时候讲的大多数是"美"，我总是在写作文是用不到美丽的词句。我就是想问一下，如何可以获得大量美丽的词句，又该如何运用？

小读者

　　宝贝，你好。

　　文章之美，应该是指文章本身所散发出的动人的味道。这种动人，也许来自于故乡的泥土；也许来自于植物和花朵；也许来自于日月和星辰；也许来自于家常的饭菜，来自于一盏灯的守候，来自于一个人惦念、扶助和信仰；也许来自于陌生人脸上的一抹微笑……它们无一例外的，都有着鲜活的生动的气息。

任何一个事物，任何一种情感，是有着它内在的质地的。"词句"所要呈现的，正是这样的质地。倘若你做到了，哪怕只是简简单单的几个字，它也是美的。比方说，久别重逢的两个人，四目相对的刹那，只轻轻一句问候，你还好吗？这就抵得上千言万语了。

——你还好吗？

你认为这样的词句华丽吗？好像不。它直白得很，可却美得动人心弦，万千个往昔，都浓缩在这一句里了，思念有，牵挂有，委屈有，不舍有，真正是悲喜交加呢。

宝贝，词句的美与不美，不是光靠外表的光鲜与否来判断的。就像我们通常看待一个人，不施粉黛有时好过浓妆艳抹，清水出芙蓉，天然去雕饰。那些自然的、本真的、质地分明的，从你的心底流淌出来的话语，有着鲜活的温度，有着干净的味道，有着真情实意，即便它们看上去，只是明明白白的大白话，反而更能扣动人心。毫无疑问，它们，是美的。

当然，一些词语不会自己从天上掉下来，它们靠的是你平时阅读的积累。俗话说，巧妇难为无米之炊。假如把写作比作做饭的话，词语就是我们用来做饭的"大米"，你再聪慧，如果没有掌握大量的词语——这做饭之大米，你也就很难驾驭一顿饭，写不出动人的文章来。

在阅读时，可多涉及一些古典文学，尤其是诗经和唐诗宋词类的。那些篇章里，养育着大量精妙的词句，你读多了，它们不知不觉就会成为你的营养，滋养着你的心灵，并从里面生长出属于你的语言。到你写作的时候，你的笔下，自然而然就会流淌着一条词语的河流，你想用哪个就用哪个，尽着你挑选。一个词语的美与不美，有时，要看你用在什么地方。如果你用得恰如其分，恰到好处，那么，纵使这个词语是很平常的一个，它也能散发出美的光芒。

宝贝，在写作上，我们千万不要为了追求"美"而美，不要希求文字都做园中牡丹，让它们做做野外的小花小草也不错啊，自然天成，朴实无华，有着绵长的味道。

你的朋友：梅子老师

如鱼在水，如花在野

——答小读者二十问

1

问：梅子老师，我没有考上重点高中，觉得前途好灰暗。

答：有什么好灰暗的。没考上重点高中的一抓一大把，是不是那些孩子都没有前途了？

大作家莫言只读了小学，不妨碍人家成为伟大的作家。爱因斯坦高中都没毕业呢，但不妨碍人家成为伟大的物理学家。

好好努力吧好孩子，你的前途宽阔且灿烂着呢。

2

问：梅子老师您好，最近我写作文老是没有素材，也没有什么灵感。导致这次考试作文分数很不理想，而且每次写作文老师都会说我中心突出的部分很少，想请教您，有什么好方法吗？

答：素材来自于平时的积累。你平时注重这方面的积累了吗？

积累的途径有二：

一、学会阅读生活，阅读大自然。

生活和大自然里的素材一抓一大把，路过你身边的每个人，都是行走的一部书。天空和大地上面，都写满了诗文。

二、从书籍里面寻找灵感。

读读人家的，想想自己的。也许人家一个用词，就能使你产生联想，继而写出一篇文章。

除了积累素材，平时还要多练笔，写多了，自然就会写了。

要突出文章的中心很简单，下笔的时候，多看看你的题目，如果离题远了，就赶紧走回来，绕题而行。这样，中心就能突出了。

3

问：梅子老师，今日在校园里我望着冬天的暖阳，却被晒得迷茫，我似乎无法透过阳光看到五个月之后的高考和未来，只有焦虑和惴惴不安。我该怎么办？

答：宝贝，有暖阳的时候，咱就该好好享受才是。冬天的暖阳，是上天对我们最大的恩赐呢。

你却胡思乱想。结果呢，你迷茫了，不但把好好的暖阳浪费掉了，而且平添了焦虑和不安，真是得不偿失呢。

你只管埋头走好这几个月的路就好，五月份之后的事情，留待五月份之后再去考虑吧。所有的答案，都藏在时间里，到时候了自然见分晓。

4

问：梅子，有时候我看树，总忍不住想，为什么树可以活那么久？

人不如树啊，真叫人悲伤啊。你说呢？

答：树活了一千年，还待在一个老地方，它可能早就待腻了。

树说不定很羡慕走过它身边的每一个人。因为，人可以去很多地方，走很远的路。人最厉害的还有思想，瞬间可驰骋千里。

人的一天，有时抵得过树的一辈子。你说谁活得更有意思？

5

问：梅子老师，我性格内向，不爱说话，且有抑郁倾向。在学校里我一个朋友也没有，看着别的同学三五成群，一起嘻嘻哈哈，我觉得很自卑。我不知道自己为什么会这样，我又该如何做呢？

答：嗯，宝贝，人的性格生来就是有差异性的，有的豪迈，有的文静，有的活泼，有的内向……内向的人多着呢，我也很内向。

这又有什么不好呢？众生喧哗，而你是安静的那一个。

自古以来，最是知音难觅。那咱就随缘好了，有朋友固然值得庆幸，没朋友也没有什么可自卑的呀。自然万物，花鸟虫鱼，书籍美食，音乐艺术，都是咱的朋友。

一个人独处，有时更自由，如鱼在水，如花在野，爱咋的就咋的，不必在意别人的情绪，不必迎合他人的感受，多好。宝贝，学会享受孤独吧。

当然，活在这世上，没有人是一座孤岛，每个人都与这个世界有着千丝万缕的联系。适当的时候，你也要打开自己，让别人可以进来做做客。跟同学聊聊作业题吧，聊聊美食吧，聊聊喜欢听的歌，实在没什么可说的，说说天气也好。

6

问：梅子老师，我是一位初三的学生，感觉到压力特别大，怎么缓解啊？

答：宝贝，你所说的"压力"，我想不外乎是能不能考上一所好的高中。这是时间之后的事啊，谁知道是什么结果，你提前焦虑了也没用啊。还不如放宽心，埋下头来专注于眼下的学习。

压力如弹簧，你弱它就强。当你不在意它了，它就遁于无形了。

7

问：梅子，我原来有个最好的朋友，因为一次误会，我跟她走散了。虽然最后误会解了，但我们的关系，却再也回不到从前了。我们偶尔在学校碰见，她已有了她的新朋友。我很苦恼，请问您，我怎么才能解决这件事呢？

答：宝贝，随缘吧。有缘的，自会重新走到一起。缘尽的，必将渐行渐远。不要沉溺于过去，也不必勉强于现在，每个人都在朝前走，她有她的遇见，你有你的遇见。

你也会拥有新的朋友的。吃一堑长一智，当与新的朋友相处时，同样的误会，你千万不要让它再发生。

8

问：梅子老师，我是合肥市的一名初中生。我在学校旁边的书店里，看到了您的作品《风会记得一朵花的香》。我被您热爱生活的态度深深打动了，我很敬佩您，欣赏您，请问，我怎样才能做到像您一样热爱生活呢？

答：宝贝，如果你把每一天，都当作生命中的最后一天来过，你会如何度过？

除了热爱，我想不到别的法子。

我们的每一天，又何尝不是生命中的最后一天？因为这一天过去了，这一天就永远不会再来了。

宝贝，从爱上早晨的太阳开始吧，爱上这个世界的颜色、声音和气息，你必将热爱上热气腾腾的生活。

9

问：梅子老师，我是个初中生，是您的小迷妹。最近一段时期以来，我常常想到死亡的事情，想到爸爸会走，妈妈会走，我也会走，到时候我们什么都不记得了，地球上再也没有我们来过的痕迹。一想到这些我就焦灼不安，鼻子发酸，就要大哭一场。

请问梅子老师，我怎么才能做到不想这些呢？

答：宝贝，万物都是有生有灭的，这是自然规律，谁也不例外。我们首先要承认这一点，然后慢慢学会接受它。

正因为生命短暂，所以我们才更要珍惜活着呀。用心去热爱这个世界，每一时每一刻都不要辜负，活得快乐又充盈。

天空没有留下鸟的痕迹，但鸟已飞过。我们爱过哭过笑过闹过努力过奋斗过，这便是人生最大的意义。

10

问：梅子老师，我也一直很刻苦很努力，可是我的成绩却一次次令人失望，比那些整天玩耍的同学还不如，这是为什么？我感觉我被现实打败了。

答：宝贝，找找学习的方法是不是不对头。学习也要用巧劲的哦，而不单单是"死记硬背"，要多提高你的理解力，对问题求解法，灵活多变，而不是单纯求答案。

那些玩耍的同学，也许在背后偷偷用功呢。无论如何，努力总比不努力要好。

人生的内容太丰富，学习成绩只是其中微小的一件。如果动不动就向现实认输，那你长长的一生该怎么走？

宝贝，你很棒，尽力而为就好。

11

问：梅子老师，因父母工作变动，我不得不离开原来的学校，到一个新的地方上学。我真舍不得离开我原来的学校，那里有我爱的老师和同学，我习惯了每天和他们在一起，一想到从此再也见不到他们，我的心都碎了。

我现在每天都哭。梅子老师，我该怎么办？

答：宝贝，人生本来就是一个不断地相遇、不断地告别的过程。原来学校的老师和同学再好，也陪不了你一辈子，你们总有一天要告别的，只不过现在你把告别的时间提前了一点而已。

新的学校，也有很好的老师和同学啊，你会慢慢跟他们熟悉起来，融入进去。

把你曾经的老师和同学放在回忆和思念里吧，你伸臂要拥抱的，是今天。

当然，如果你实在想见他们，也不是不可以呀，等放假了，去见见吧。现代交通和网络如此发达，只要是想见的人，总能见到。

12

问：梅子老师，我这段时间学习状态一直不太好，有没有什么办法可以调整？

答：有啊，那就是停下来，休息一下。

这段时间里，你彻底放松，看几页闲书，听几首好听的音乐，看一部电影，画几幅小画，如果你会画画的话。也可以去吃一顿好吃的，美食最能安抚人嘛。也可以什么也不做，就坐在一个地方发发呆，抬头看看天，低头看看花。当你的情绪平稳了，好的学习状态自然就回来了。

13

问：梅子老师，我是一个高二的学生，寒假过去，又要开学了，我特别不想开学怎么办？

答：好多孩子都不想开学呢，好多上班族都不想上班呢，好多打工人都不想外出打工呢……生而为人，有些事我们不得不去做，比如，你得完成你的学业。当然，你也可以不完成，但前提是，你得有支撑起自己立足于这个世界的本事。

嗯，咱还是做好准备，开学去吧。今天你所有的努力，都是为了明天能自主地决定自己做什么，或不做什么。

14

问：梅子老师，我最近感觉自己好孤独，可能因为自身原因，我对于亲密的关系不愿意去主动，总是想着别人来找我。

确实觉得自己这样是有问题的，但是又不愿先开口，不知为何。这像心病一样，让我很烦恼，我很害怕别人不会在乎自己了。我该怎么办？

答：既然知晓是自己的原因，那就努力克服这个毛病呀。总等着别人来敲门，人家也会累的哦。嗯，有时主动打开门，你会获得不一样的感受呢，风也进来了，阳光也进来了，鸟声也进来了，说不定还有只蜜蜂或小蝴蝶跟了进来呢。

尝试一下吧，主动跑去跟你的朋友问好，哪怕是约了一起去吃块好吃的点心，你也会收获到不一样的快乐。

15

问：梅子老师，我太喜欢您了，有机会我一定要争取见您一面。

我有个问题想请教梅子老师，就是在当今社会，要做到无拘无束地活着真的很困难。如果真的做到了真我这种境界，是不是既是让自己活得更加自在，也是一种自我的突破和超越呢？

答：宝贝，你的问题有些"深奥"哦。

人是得有一些束缚的，才养得敬畏之心。如果人人都无拘无束，想干吗就干吗，那社会岂不乱套了？

这与做不做真我并不矛盾。所谓真我，我的理解就是能诚恳地对待自己的内心，不伪装，不随波逐流，这样才得大自在。我们此生的任务，就是来完善自我的，今天的自己比昨天的自己进步一点点，明天的自己比今天的自己进步一点点，每一天都在突破和超越中。最后，一定能遇见一个最好的自己。

16

问：梅子老师，我特别喜欢你的文章，但是有时作文找不到灵感怎么办？

答：宝贝，灵感它可是个很有脾气的家伙，你平时不待见它不理它，到要用到它时才想起来去找它，它哪里肯出来？

做生活的有心人吧，平时多跟灵感交交朋友，它就在草尖上蹲着，就在花蕊里藏着，就在风声中飘着，就在流水间荡着，就在人群里笑着……

17

问：梅子老师，我想要获得更多的温暖，可这种温暖又如何获得呢？我想要重展笑颜，可我似乎不会笑了。我又该如何做？

答：亲爱的，你的问题有些没头没脑呢。

有句禅语不知你听说过没？爱出者爱返，福往者福来。意思是，你若送出爱了，爱最终会以爱的方式回到你身边。你若付出你的福报，帮助到他人，将来自有福报报答到你身上。

我想，你若想获得更多的温暖，不妨先试试送出你的温暖。授人玫瑰，手留余香，那一缕"余香"，会让你的心情变得很快乐。当你变得快乐了，到时想不笑也难啊。

18

问：梅子老师，每次写作前我总是想到各种优美的画面，可是下笔后却干巴巴的，这该怎么办？

答：这是因为你平时写得太少了。就像一个人想把他看到过的美景画下来，他得有绘画的基础才行啊，要懂得如何运用线条如何运用皴法，否则，是不能够的。

平时多写写吧，写写朝霞，写写黄昏，写写流云，写写花草……当你对这些实景写得多了，你脑中勾画出再多的画面，你也能准确地把它描写出来。

19

问：梅子老师，我们老师让我们写作文的时候模仿您的文章，您说这样做对不对呢？

答：我们认知这个世界，是从模仿开始的，模仿着说话，模仿着走路，模仿着应对生活……写作，是可以模仿的，模仿的范围应更广些才是，好多作家的文章都可以拿来练笔的。但模仿到一定程度了，要学着自己走路，要有自己的文风和思想。

每个人看世界的眼光是不一样的，落到笔下的文字，也是千差万别的。

20

问：梅子，我是个女孩子，最近遇到很多的麻烦事，给我的压力太大了。我也想缓解压力，我去看书，我去练书法，可我的压力依然没有释放出来。我该怎样好好地把压力释放出来呢？

答：亲爱的，能解决的麻烦事，就竭力去解决。不能解决的，就丢开手，置之不理，你照常吃你的饭睡你的觉，看它能把你怎的。

别焦虑了，你且淡扫蛾眉，重整新妆，时间会帮你把一切都摆平的。